열 세개의 바다
바리

글 정은경   그림 REDFORD

다들Book

글 정은경

디자인 전공 후 애니메이션 시나리오, 스토리 작가로 활동하고 있습니다. 애니메이션 「시크릿 쥬쥬 1기」, 「샤이닝스타」, 「우리별 일호와 얼룩소」, 웹툰 「2호선 세입자」, 「고고고! : 해골물의 비밀」, 동화책 『질투 애벌레』 등을 썼습니다. REDFORD 작가님의 아름다운 그림과 함께 멋진 책이 나올 수 있게 되었습니다. 잘 부탁드립니다.

그림 REDFORD

사랑하는 바다가 펼쳐진 부산에서 태어났습니다. 대학에서 애니메이션을 전공했고 애니메이션 회사에서 근무하고 있습니다. 어머니의 사랑은 아이에게 빛이 되어 용기를 줍니다. 때론 친구가 되어 함께하며…. 정은경 작가님의 팬으로서, 많은 이들이 이 작품을 함께 즐기길 바라는 마음을 담아 그렸습니다. 아무쪼록 잘 부탁드립니다.

열세 개의 바다

바리

글 정은경
그림 REDFORD

드들Book

등장인물

공덕

바다를 싫어하지만 바다 없이 살 수 없는 제주 해녀. 사랑하는 가족을 바다에 빼앗긴 뒤 바다에 버려진 바리를 구해 친딸처럼 키운다. 위기에 빠진 바리를 구하고자 목숨을 바쳐 소녀 모습의 혼이 되어 저승으로 떠난다.

바리

바다를 사랑하는 소녀. 마법 능력이 있어 동식물, 귀신들과 대화할 수 있다. 이 때문에 아이들에게 괴물이라고 따돌림당한다. 공덕은 바리를 과보호하고 이 때문에 바리는 늘 답답하다. 공덕과 다툰 날 하나뿐인 친구 제주 망아지 몽생이와 저승으로 떠난다.

용왕

이승 바다를 다스리는 카리스마
넘치는 여왕. 갓 태어난 바리가
죽은 줄 알고 바다에 떠내려 보냈다가
하늘의 벌을 받아 병에 걸린다.

귀신 사당패

저승으로 가는 여객선을 타려다
공덕과 부딪혀 배를 놓친다.
그 뒤 공덕과 저승 바다를 모험하며
동수자와 싸우고 용궁까지 간다.
돗가비 가비는 공덕과 사사건건
부딪히고, 팔척 귀신 팔척이는 잘생긴
외모로 공덕의 마음을 흔든다.
달걀귀신 계란이는 공덕이를
좋아해 가르릉 소리를 낸다.

마고 선비

동수자의 힘을 받아 저승 바다 중
빨래 바다를 지배하는 미남 선비.
빨랫줄을 거대한 빨래판에 엮어
거문고처럼 연주하는,
풍류를 아는 악당이다.

저승사자들

유능한 수사대이자 저승의 포졸들.
동수자의 수하로 풍산개, 삽살개, 잡종
개들이다. 해골꽃을 훔치려 한 바리와
공덕 일행을 대역죄인이라 부르며
추격한다. 저승사자 부대를 이끄는
풍산개 대장은 바리에게 악감정을 갖는다.

동수자

우연히 얻은 신비로운 해골꽃의 힘으로 저승 바다를 지배해 무시무시한 곳으로 바꿔 놓았다. 해골꽃을 탐했던 자들은 모두 사약 바다의 바닷물을 마시고 혼이 소멸되는 무시무시한 벌을 받았다.

차례

바리 이야기를 알고 있니?

너희가 아는 이야기는 아마 이럴 거야.

옛날 옛적 머나먼 곳에 용궁이 있었어. 용왕에겐 이미 여섯 명의 공주가 있었지. 대를 이을 아들을 바라던 용왕은 이번에도 딸이 태어나자 아기를 바다에 버렸어. 버려진 아이는 파도를 타고 어느 바닷가로 실려 갔지. 혼자 살던 할머니가 버려진 아기를 발견해 친딸처럼 키웠어. 아기는 버려진 아이라는 뜻의 '바리데기'로 불리었단다.

시간이 흘러 용왕은 바리를 버린 벌로 죽을병에 걸렸어. 용왕을 살릴 수 있는 불사약은 위험한 저승에 있어 아무도 가려고 하지 않았지. 그 이야기를 들은 바리가 용왕을 살리기 위해 불사약을 구해 오겠다고 나섰어. 바리는 목숨을 걸고 위험천만한 열두 개의 저승을 건너갔어. 마침내 바리는 불사약을 구해 용궁으로 돌아갔고, 용왕은 다시 살아났단다.

그 후 바리는 용궁의 공주가 되어 용왕과 행복하게 살았대! 바리는 정말 착한 딸이구나! 해피엔딩이야!

혹시 이런 생각을 하는 건 아니겠지?

사실 바리는 자기를 버린 부모를 위해 저승으로 갈 만한 위인이 아니었어. 불만만 많고 혼자선 할 줄 아는 게 없는 아이였지. 용왕도 이상해. 딸이라는 이유로 바리를 버려 놓고 죽을 때 되니깐 약을 구해 오라고 시키다니. 이기적이지 않아?

생각해 본 적 있어?

바리를 친딸처럼 키웠다가 용왕에게 빼앗겨 버린 노모의 마음 말이야. 바리를 키워 준 엄마에게도 이 이야기가 해피 엔딩이었을까?

사실 이 이야기는 잘못 알려진 거야. 어떻게 아냐고?

내가 그 유명한 바리거든.

이제 숨겨 있던 진짜 바리 이야기를 들려줄게.

이 이야기의 주인공은 내가 아니야.

진짜 주인공은 —

해녀 공덕과 용왕, 그리고 벼리

"공덕아!"

해녀 영동이 바닷가에 있는 초가집을 보고 외쳤다. 푸르스름한 빛이 하늘을 덮은 이른 새벽이었다. 해녀들은 분주하게 바다에 나갈 채비를 하고 마지막 해녀가 오기를 기다렸다.

곧 공덕이 테왁(두렁박의 속을 비워 만든 부표)과 망사리(해산물을 담는 그물)를 들고 헐레벌떡 달려왔다. 공덕은 가슴께부터 허벅지까지 이어진 검은색 물소중이와 하얀색 저고리 같은 얇은 물적삼을 걸쳤다. 해녀들은 모두 물소중이 위에 물적삼을 걸쳐 입었는데 이를 물옷이라 불렀다. 공덕은 선배 해녀들처럼 하얀 물수건을 머리에 쓰고 동그란 수경을 이마 위에 올려 썼다.

"용왕님께 인사드리는 날 늦으면 어떡해? 얼른 타."

영동이 공덕을 다그쳤다.

"죄송해요."

갓 소녀 태를 벗은 공덕의 얼굴은 설렘과 두려움으로 상기돼 있었다.

오늘은 공덕이 처음 바다에 나가 해녀가 되는 날이었다. 바다에 나가 용왕님께 인사드리는 날이기에 선배 해녀들은 이날을 축하하며 격려했다.

해녀들이 나무배에 올랐다. 나무배가 옥색 바다로 나아갔다.

해녀들은 노를 저으며 씩씩하게 해녀 노래를 불렀다. 해녀 노래는 그녀들의 노동요이자 기도였다. 해녀들은 안전하게 바다에서 물질을 할 수 있기를, 그날의 수확이 좋기를 빌었고 고된 삶을 털어놓으며 서로를 위로했다.

우리는 바당(바다. 제주어)의 딸, 용감한 해녀!
용왕님이 뿌린 해산물의 씨를 보살피고
부지런히 수확하네.

공덕은 눈치껏 떠듬떠듬 선배 해녀들을 따라 불렀다. 선배 해녀들의 용맹한 목소리에 공덕도 덩달아 기운이 났다.

우리는 바당의 수호자, 지혜로운 해녀!
어린 물고기는 잡지 않고 돌려보내지.
그래야 우리의 후손에게 풍요로운 바당을 물려줄 수 있어.

우리는 바당에 나가 죽음과 싸우는 여전사!
매일 저승에 한 발을 담그고 바당에 뛰어든다네.
온종일 굶으며 맨몸으로 숨을 참고 물질을 하지.

우리가 캔 전복과 해초는
밥이 되고 옷감이 되고 종이가 된다네.
제주의 남자들은 우리를 기다리며
밭일을 하고 집안일을 하지.
다른 사람에게 도움받아 살아가는 건
우리의 자존심이 허락하지 않아.

힘이 달려 노를 젓지 않는 할망(할머니) 해녀들은 테왁을 두

드리고 휘파람 같은 숨비소리(바다에서 숨을 참다가 물 위로 올
라와 숨을 쉬며 내는 소리)를 내어 화음을 쌓았다.

때론 고되고 힘들어.

욕심을 부리면 물숨을 먹고

바당에서 잠들게 되지.

눈앞의 것에 욕심을 부렸다간

파도에 휩쓸리고 해초에 발이 묶이고

바위에 부딪혀 숨이 부족해져.

그때 마시는 물이 바로 물숨.

물숨은 바당의 숨. 이승의 숨이 아니야.

우리의 어멍(엄마)과 딸도

바당에서 목숨을 잃었네.

바당의 소금 냄새는 해녀들의 눈물 냄새와 비슷하지.

바당에 들어가면 눈물이 감춰져.

때로는 울기 위해 바당에 들어가지.

숨비소리는 우리의 울음소리.

우리는 바당의 딸! 바당의 수호자!

오늘도 숨을 참고 밥을 굶고 가족을 위해

바당에 들어간다네.

바당은 언제나 우리 곁에 있어.

떠나지 않고 우리를 돌보아 준다네.

해녀 노래가 끝날 무렵 배가 멈췄다. 해녀들은 차례로 바다로 뛰어들었다.

공덕은 수경을 쓰고 후욱- 숨을 들이쉬었다. 풍덩 물에 뛰어든 공덕은 인어처럼 몸을 움직여 아래로 헤엄쳐 갔다. 공덕의 눈에 바위에 붙어 있는 커다란 전복이 보였다. 영동이 분명 전복은 캐지 말라고 일렀지만, 공덕은 해녀가 된 첫날이라 대단한 수확물을 보여 주고 싶었다.

공덕이 빗창(해산물을 캘 때 쓰는 낫 같은 도구)으로 전복을 캐려 할수록 전복이 바위에 들러붙었다. 공덕은 숨이 부족한 것을 느꼈다. 바닷물을 마실 뻔할 때 영동이 나타나 전복을 캐서 공덕을 데리고 바다로 올라갔다.

호오오이 호오오오이- 영동이 숨비소리를 내며 숨을 가다듬었다.

23

호이 호이- 공덕도 테왁을 붙잡고 숨비소리를 냈다.

"공덕이, 너! 물숨 먹을 뻔했지? 타고난 숨도 짧은 애가 그리 욕심을 부려?"

영동이 혼을 냈다. 공덕의 부모도 물숨을 먹고 바다의 품으로 돌아갔기 때문이다. 혼자가 된 어린 공덕에게 물질을 알려 준 것이 영동이었다.

"바당을 저승 만들 생각이면 썩 나가!"

영동의 호령에 공덕은 모래밭으로 나갔다. 공덕은 축 처진 어깨를 하고 불턱(불을 피워 몸을 녹이고 옷을 갈아입는 곳)으로 가 앉았다. 공덕은 불턱에서 불을 피우고 젖은 몸을 말렸다.

호오이- 호오오이- 선배 해녀들의 긴 숨비소리가 들렸다. 공덕도 입을 오므려 선배 해녀들의 숨비소리를 따라 했다.

호이- 호이- 공덕의 마른 입술 사이에선 짧은 휘파람 같은 소리만 났다.

"난 왜 이리 숨이 짧을까……. 멋진 해녀가 되고 싶었는데."

공덕은 한숨을 푸욱 쉬었다.

공덕의 시야에 연보라색 백리향꽃처럼 생긴 연산호(제주 바다에 사는 희귀한 산호)가 들어왔다.

"……?"

고개를 들어 보니 팔다리가 기다랗고 훤칠한 남자가 서 있었다. 그을린 갈색 피부와 손에 잡힌 물집을 보아 물고기를 잡는 뱃사람 같았다. 남자는 연산호를 사라지게 했다가 공덕의 수경 뒤에서 나타나게 하는 묘기를 부렸다.

　"한숨을 쉬길래……."

　남자가 연산호를 내밀며 수줍게 말했다. 남자의 갈색 뺨에 홍조가 뜨니 고구마 같았다. 공덕은 풋- 웃으며 연산호를 받았다. 공덕이 빈 테왁에서 해초에 달린 조개와 소라, 전복을 줄줄이 꺼내는 묘기를 부렸다.

　남자는 훨씬 현란한 공덕의 묘기에 멋쩍어 뒷머리를 긁었다. 공덕은 남자에게 방금 잡은 전복을 선물했다.

　바다에서 시원한 하늬바람이 불어왔다. 공덕이 남자의 손을 잡고 모래밭을 걸었다. 남자는 불타는 고구마처럼 얼굴이 더욱 벌겋게 되어 공덕을 따라갔다.

　얼마 뒤 공덕은 남자와 혼례를 치렀다. 공덕은 형형색색의 연산호를 꽃다발처럼 안고 남자와 마주 섰다. 남자는 헤벌쭉 입이 귀에 걸린 채 공덕을 사랑스러운 눈길로 바라보았다. 주례는 마을의 여자 어르신이 봐 주었고 영동과 선배 해녀들이 하객으로

와서 축하해 주었다. 남자와 공덕이 맞절을 하다 꽁 박치기를
하자 영동과 해녀들이 깔깔 웃었다.

혼례를 마치고 공덕과 남자는 바닷가에 있는 공덕의 초가집
으로 갔다. 작고 허름했지만 부부의 연을 맺은 두 사람에겐 더
없이 좋은 집이었다.

집으로 향하는 두 쌍의 발자국이 사이좋게 모래밭에 찍혔다.

시간이 흘러 부부의 발자국 옆에 귀여운 발자국 두 쌍이 새
로이 찍혔다. 네 살이 된 귀여운 딸 오름이와 뚱냥이 고넹이(고
양이)의 발자국이었다. 혹독한 가시밭 같았던 바다가 처음으로
공덕에게 내어 준 선물이었다.

이런 행복이 또 있을까. 공덕은 매일 바다를 향해 감사의 절
을 올렸다. 감귤빛 노을이 탐스럽게 빛나는 날이었다. 저녁 바다
를 보러 가자는 오름이 말에 공덕은 남편과 고넹이까지 데리고
모래밭을 거닐었다.

뚱냥이 고넹이는 남편과 지푸라기를 꼬아 만든 공을 굴리고
놀았다. 고넹이는 기분이 좋은지 보드라운 뱃살을 드러내며 모
래밭에 발랑 드러누웠다.

오름이는 유난히 바다를 좋아했다. 오름이는 공덕이 만들어

준 뿔이 달린 헝겊 인형을 안고 파도를 쫓아다녔다. 하얗게 부서지는 파도가 오름이 발 앞에 분홍색 조개껍데기를 실어 왔다. 공덕은 조개껍데기로 목걸이를 만들어 오름이에게 걸어 주었다. 오름이가 두 손을 모으고 까르르 웃자 잔잔한 파도 소리와 어우러져 아름다운 노래처럼 들렸다.

우르릉 쾅!

바다 너머에서 불협화음이 들려왔다. 시커먼 먹구름이 꾸물꾸물 몸집을 키우며 몰려오고 있었다. 쿠르릉 쿠르릉 바다가 우는 듯 파도도 거칠어졌다.

"용왕님이 노여우신가 보다. 집에 가자."

공덕은 심상치 않은 바다의 표정에 남편과 오름이, 고넹이를 챙겨 집으로 갔다.

밤이 되자 천둥이 번쩍하더니 폭우가 쏟아졌다. 불가사리도 물고기 떼도 폭우를 피해 숨기 바빴다. 나무가 뽑혀 날아가고 묶어 놓은 고깃배가 뒤집혔다.

높이 일어선 파도가 한걸음에 공덕의 집까지 달려왔다. 커다란 손아귀로 모래성을 무너트리듯 파도가 공덕의 집을 덮쳤다. 공덕은 아무도 놓치지 않으려 고넹이, 오름이와 남편의 손을 꼭 잡았지만 짧은 숨이 문제였다. 하늘을 덮을 만큼 큰 파도가 공덕 위로 쏟아졌다. 공덕은 물숨을 먹고 잡고 있던 손을 놓고 말았다.

쏴아아- 쏴아아아아-

파도 소리에 공덕은 천천히 눈을 떴다. 눈부신 아침 햇살이 바다 위에 부서졌다.

바다는 간밤에 아무 일도 없었다는 듯 잔잔하게 반짝였다. 바다는 늘 이랬다. 성난 괴물처럼 굴었다가 낮잠을 자는 아기처럼 고요했다.

공덕은 일어나 주변을 둘러보았다. 파도가 할퀴고 간 자리엔 반쯤 무너진 집만 남았다. 손에 남은 것은 오름이의 조개 목걸이뿐이었다. 남편도 오름이도 고넹이도 없었다. 공덕만 살아남았다. 오름이가 아꼈던 헝겊 인형과 남편이 매일 선물했던 연산호, 고넹이가 가지고 놀던 지푸라기 공이 모래에 파묻혀 있었다.

"으흑… 흐흐흑……."

공덕은 조개 목걸이를 움켜쥐며 처연하게 흐느꼈다. 깊은 슬픔에 공덕의 새카만 머리카락이 하얗게 새어 버렸다. 너무 울어 눈물샘은 말라붙었고 목소리는 쇠를 긁는 소리처럼 변했다.

너무 많은 생각이 쏟아져서, 아무 생각도 할 수 없어서, 공덕은 이 슬픔을 어찌할 바를 몰랐다. 바다를 증오했다. 할 수만 있다면 바다의 멱살을 잡아 패대기를 치고 바다의 배를 갈라 남편과 오름이, 고넹이를 토해내게 하고 싶었다.

공덕은 바다를 등진 채 누워 며칠을 죽은 듯이 보냈다. 영동과 마을 어르신이 매일 주먹밥을 놓고 갔지만 공덕은 손도 대지 않았다.

호오이- 호오오이- 숨비소리가 바다에서 들려오자 공덕의 심장이 제멋대로 날뛰었다. 바다는 사랑하는 것을 앗아갔지만 공덕은 바다 없이 살 수 없었다. 해녀의 운명이었다.

공덕은 바다로 나갔다. 모래밭에 공덕의 발자국이 쓸쓸히 찍혔다. 한때 둘이었고 넷이 되기도 했던 발자국은 다시 공덕의 발자국 하나만 남게 되었다.

공덕은 바다를 노려보았다.

"바당이 마우다……(바다가 싫소)."

공덕은 조개 목걸이를 목에 걸고 바다로 들어갔다. 몸이 아플 때까지 물질을 하면 겨우 슬픔을 견딜 수 있었다. 테왁을 안고 공덕은 목이 쉬어 쇳소리 같은 숨비소리를 내었다.

호이- 호이- 울음 같은 공덕의 숨비소리가 바다에 퍼졌다.

공덕의 바다를 지나 저 멀리— 짙은 푸른색 파도가 춤추는 곳이 있었다. 파도 위에 세워진 용궁이었다. 다채로운 색의 불가사리, 산호초와 진주로 꾸며진 용궁은 파도가 칠 때마다 크게 들썩였다. 용궁에서 힘겨운 신음 소리가 들렸다. 해산을 앞둔 여자가 내는 소리였다.

해마 대신, 문어 대신, 새우 대신이 긴장한 얼굴로 용왕의 방 앞을 서성였다. 산통이 시작된 지 한나절이 지났는데도 아기 울음소리가 들리지 않아서였다.

여자는 용왕의 방에서 아기를 낳고 있었다. 보석 같은 연보라색 눈동자를 지닌 그녀는 곱게 땋은 연보라색 머리에 진주 머리핀을 했다. 여자는 오랜 시간 출산의 고통에 시달려 기절하기 직전이었다.

용궁의 주술사인 바다 달팽이 노파가 곁에서 여자의 출산을 도왔다. 바다 달팽이 주술사가 분주히 움직일 때마다 화려한 지느러미들이 여러 겹의 소맷단처럼 나풀거렸다. 달팽이 주술사는 그녀의 주름처럼 산파로서 경험이 많았지만 이렇게 힘든 출산은 처음이었다.

응애– 응애– 마침내 미약한 아기 울음소리가 들렸다.

달팽이 주술사는 분홍색 비단 포대기로 아기를 감쌌다. 아기의 머리칼은 여자를 닮아 아름다운 연보랏빛이었다.

"용왕님! 어여쁜 공주님입니다!"

달팽이 주술사가 아기를 안고 여자에게 말했다.

아기를 낳은 여자가 바로 용궁의 왕, 이승의 바다를 다스리는 용왕이었다. 용왕은 벽에 걸어 놓은 남편의 초상화를 보았다. 그녀의 신하였던 남편은 아이를 가진 직후 병으로 눈을 감았다.

용왕이 아기를 안으려 팔을 뻗었을 때였다. 희미했던 아기 울음소리가 뚝 그쳤다.

달팽이 주술사는 놀라서 아기의 맥을 짚었다. 뛰지 않았다. 이래선 아니 되었다. 가슴에 귀를 대 보았지만 심장 뛰는 소리도 들리지 않았다.

"죄송합니다… 용왕님……. 공주님이 그만……."

용왕의 눈에서 눈물이 흘렀다. 용왕은 아기를 안으려 했던 손을 거두고 고개를 돌렸다.

훗날 용왕은 이 순간을 두고두고 후회했다. 그때 아기를 안아 보기만 했어도 아기가 죽지 않았음을 알았을지도 몰랐다.

하지만 용왕은 지쳐 있었다. 용왕 혼자 이승 바다를 다스리는 것은 고된 일이었다. 이승 바다에는 매일 수많은 일이 벌어졌다. 바다를 터전으로 살아가는 생물과 인간을 돌봐야 했다. 용왕이기에 그녀는 슬픔을 빨리 덮어야 했다. 죽은 아기를 안으면 용왕은 다신 일어설 수 없을 만큼 무너질지도 몰랐다. 아기의 죽음을 받아들일 수 없어 현실을 외면하고 싶었는지도 몰랐다.

용왕은 꽃잎으로 마법을 부려 비단 포대기로 아기의 얼굴을 덮어 주었다.

깊고 어두운 밤이었다.

쿠궁– 육중한 용궁의 문이 열렸다. 요란한 파도 위에 성문이 다리처럼 내려왔다.

용왕이 아기를 누인 조개 바구니를 안고 나왔다. 용왕은 종이 한 장을 아기의 품에 넣었다. 먹으로 '벼리'라고 쓴 종이었다.

"너는 바다의 별처럼 빛나는 나의 딸, 벼리였단다."

용왕이 밤하늘의 별을 보며 슬피 말했다.

바다는 별 가루를 뿌려 놓은 것처럼 반짝였다. 어디가 하늘이고 어디가 바다인지 구분하기 어려울 정도로 아름다웠다.

용왕은 조개 바구니를 바다에 띄웠다. 파도가 출렁이며 조개 바구니가 천천히 바다로 나아갔다. 달팽이 주술사와 대신들은 멀어지는 조개 바구니를 향해 마지막 절을 올렸다.

쿠구궁!

천둥이 치고 먹구름이 몰려왔다.

눈을 감았던 아기가 놀라서 응애 응애애- 하고 울었다.

용궁으로 들어가던 용왕이 바다를 돌아보았다. 후두둑 쏟아지는 비와 쿠르릉 구름이 몰려오는 소리에 아기 울음소리는 묻혀서 들리지 않았다. 이를 모르는 용왕은 대신들과 용궁으로 들어갔다. 육중한 성문이 굳게 닫혔다.

파도가 높아지자 떠내려가던 조개 바구니도 위태롭게 흔들렸다. 응애- 응애- 아기 울음소리가 망망대해에 퍼졌다. 파도가 높이 일어서자 조개 바구니가 뒤집히며 아기가 바다에 떨어졌다.

울음소리를 듣고 작은 줄무늬 바다뱀이 헤엄쳐 왔다. 줄무늬 바다뱀은 작은 몸으로 아기를 휘감아 조개 바구니에 넣었다. 줄무늬 바다뱀은 곧 성난 파도에 휩쓸려 사라졌다.

이번엔 물고기들이 몰려왔다. 물고기들은 조개 바구니를 요람처럼 흔들어 아기를 달랬다. 형광 오징어가 헤드라이트처럼 눈에서 나오는 빛을 쏘아 앞을 밝혔고, 붉은 문어가 뒤에서 로

켓 같은 추진력으로 조개 바구니를 밀었다. 하늘을 떠다니는 해파리가 날아와 애드벌룬처럼 바구니에 매달려 항해 방향을 조종했다.

　　아기는 바다 친구들이 지켜 주는 조개 바구니에서 잠이 들었다.

　　바구니는 멀리멀리 떠내려갔다.

주상절리 꼭대기에 작은 돌탑 세 개가 쌓였다. 공덕의 남편과 오름이, 고넹이의 돌탑이었다.

공덕은 연산호 꽃다발과 도깨비 인형, 지푸라기 공을 돌탑 앞에 놓았다.

차라리 서방을 따라갔더라면. 어찌 혼자 남아 기구한 삶을 이어 가야 한단 말인가. 공덕은 너무 울어 눈물도 말라붙은 공허한 눈으로 돌탑을 봤다.

그때 바다는 다시 한번 공덕을 시험하는 일을 벌였다.

응애- 응애애- 아기 울음소리가 희미하게 들려왔다. 헛것이 들린 겐가. 공덕은 두리번거렸다. 소리는 점점 가까워졌다.

'바당이다!'

공덕은 절벽 끝에 서서 바다를 내려다보았다. 저 멀리 떠내려오는 커다란 조개 바구니가 보였다. 조개 바구니에 담긴 아기가 두려움과 배고픔에 떨며 울고 있었다.

"……!"

공덕은 절벽을 미끄러져 내려갔다. 급한 마음에 넘어지고 굴러도 아픈 줄도 몰랐다. 공덕은 짚신도 벗겨진 채 바다로 뛰어들어 파도에 휩쓸리는 조개 바구니를 붙잡았다. 공덕은 조심스레 아기를 안고 뭍으로 올라왔다. 분홍색 왕벚꽃 나무 아래 서서 공덕은 아기가 무사한지 살폈다.

"아가 괜찮니? 많이 무서웠지?"

아기가 울음을 그치고 공덕을 봤다. 아기의 연보랏빛 눈동자는 별을 담은 것처럼 반짝였다. 뽀얀 피부는 곤밥(흰쌀밥)처럼 보드라웠고 뺨은 복숭아처럼 발그레했으며 연보랏빛 머리카락은 연산호처럼 아름다웠다. 아기의 몸에서 시원한 바다 내음이 났다.

공덕은 아기가 두른 비단을 살펴보았다. 어디서도 본 적 없는 귀한 비단이었다. 공덕은 비단 사이에서 종이를 발견했다. '벼리' 글자가 물에 번져 '바리'처럼 보였다. 글을 몰랐던 공덕은 마을 어르신에게 여쭤봐야겠다고 생각했다.

"이게 네 이름인가 보구나."

말을 알아들었는지 아기가 방긋 웃었다. 텅 비었던 공덕의 눈은 아기의 웃음으로 가득 찼다.

"서방(남편)…… 당신이 보내 준 거지? 이 아이의 어멍(엄마) 이 되어 달라고 보낸 거지? 그렇지?"

왈칵 눈물이 터졌다. 투둑. 공덕의 눈물이 아기의 뺨에 떨어지자 아기는 고사리 같은 손을 움직여 마법을 부렸다. 분홍색 왕벚꽃잎이 작은 회오리를 만들며 날아와 공덕의 눈물을 사라락 닦아 주었다.

공덕은 놀라서 눈을 동그랗게 떴다. 아이가 가진 이상한 힘 때문에 버려진 것일지도 몰랐다. 공덕은 분홍색 조개 목걸이를 벗어 아기에게 걸어 주며 말했다.

"이제부터 내가 네 어멍이란다. 다시는 바당에 빼앗기지 않을 거야. 어멍이 널 지켜 줄게……. 무슨 일이 있어도 꼭 지켜 줄 거야."

공덕은 절대 빼앗기지 않겠다는 듯 바다를 등지고 섰다. 노을을 받아 길어진 공덕의 그림자가 모래밭에 드리워졌다. 공덕과 바리 위로 벚꽃잎이 비처럼 흩날렸다.

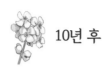 10년 후

"공덕아! 공덕아!"

영동의 목소리가 투명한 제주 바다에 퍼졌다.

공덕이 옥색 바다에 잔물결을 만들며 올라왔다. 호이- 호이-
공덕은 수경을 이마 위로 올리고 짧은 숨비소리를 냈다.

벌써 10년이 흘렀다.

공덕의 얼굴은 그사이 많이 변했다. 뽀얗던 피부는 물질을 하
느라 햇빛에 그을어 가무스름하게 변했고 주름도 많아졌다. 하
얗게 새어 버린 머리카락 탓에 공덕은 선배 해녀인 영동보다도

나이가 더 많아 보였다. 해서 동네 아이들은 공덕을 할망(할머니)으로 불렀다.

"공덕이 너 또 물숨 먹을 뻔했지?"

영동이 인상을 썼다.

"전복은커녕 멍게, 해삼도 안 보이는 걸 어떡해요. 빈손으로 나올 순 없잖아요."

공덕이 망사리에 담은 보말 세 개를 보여 주며 말했다. 보말(바다 고둥)은 전복이나 조개보다 훨씬 더 많고 값도 쌌다. 그래서 제주 사람들은 비싸고 귀한 해산물 대신 보말을 많이 먹었다.

"이 작은 보말이라도 있어야 우리 바리 밥도 먹이고, 종이랑 먹도 사 줄 수 있는걸요."

뿌듯하게 웃던 공덕은 어지럼증을 느꼈다. 눈앞이 핑 돌더니 어두컴컴해지고 귀에서 삐이이─ 날카로운 소리가 들렸다. 공덕이 휘청거리자 영동이 공덕을 부축했다.

"…공덕이 너…… 해녀병이지? 숨도 전보다 짧아졌던데……."

영동이 걱정스러운 눈으로 물었다.

해녀병은 물질을 오래 하면 생기는 병이었다. 해녀병에 걸리면 현기증과 구역질이 나고 온몸이 아파 움직이기 어려웠다.

"에이, 아직 괜찮아요……."

공덕이 애써 웃다가 심각한 얼굴로 속삭였다.

"…… 바리한텐 비밀이에요?"

"이제 물질 그만해. 바리 네 자식도 아닌데 뭘 그리 극성을 부려. 네 몸부터 챙겨야지!"

"그리 말하지 마세요. 우리 바리 내 딸이에요, 내 딸! 낳은 정보다 기른 정이란 말도 모르세요?"

공덕은 서운함에 화를 냈다. 영동이 걱정해서 하는 말이란 걸 알고 있었지만, 공덕은 바리에 대해선 미역 한 줄기만큼도 양보하고 싶지 않았다.

"어휴, 저 고집하고는."

영동은 혀를 끌끌 찼다.

공덕과 영동은 빈 망사리를 들고 뭍으로 올라왔다.

마을 어르신과 마을 해녀들이 불턱에서 무언가 이야기를 하고 있었다. 다른 해녀들의 망사리도 비어 있긴 마찬가지였다. 해녀들이 심각한 얼굴로 뭐라 말하면 마을 어르신은 감귤 나무로 만든 지팡이를 짚고 서서 고개를 주억거렸다.

"어르신, 무슨 일 있어요?"

공덕이 물었다.

"해산물이 부쩍 줄었네. 용왕님이 바당에 오셔서 해산물의 씨를 뿌려 주셔야 하는데, 바당에 씨가 마른 걸 보면 올해는 안 오신 모양이야."

어르신이 심각한 표정으로 말하자, 선배 해녀들이 말했다.

"용왕님께 무슨 일 생긴 거 아닐까요?"

"10년 전에도 이랬잖아요. 그때가 바리 주웠을 때지, 아마?"

그 말에 공덕은 괜스레 성질을 부렸다.

"그건 왜 또 얘기하세요? 우리 바리랑 용왕님이랑 무슨 상관이 있다고!"

사실 공덕도 그게 마음에 걸렸다.

바리를 발견했던 날 용왕님은 바다에 오지 않았다. 그때부터 해산물의 양이 줄어들더니 근래에 들어서는 눈을 씻고 찾아봐도 해산물이 보이지 않았다. 게다가 바리의 생김새나 신비한 힘은 다른 사람들과 달랐다. 좁은 섬마을이라 바리의 소문은 금세 퍼졌고 사람들은 바리를 보고 '저주받은 아이, 그래서 버려진 아이'라고 했다.

어르신이 결심한 듯 감귤 지팡이로 땅을 탁 쳤다.

"내일 일찍 칠머리당으로 모이게. 용왕님께 어서 오시라고 굿을 드려야겠네."

"네, 어르신. 조심히 들어가세요."

어르신이 자리를 뜨자 공덕과 해녀들은 공손히 인사했다.

공덕은 서둘러 집으로 향했다. 바리에게 보말국을 해 줄 생각에 발걸음이 가벼웠다.

폐허가 된 공덕의 집은 새로이 세워졌다. 바리를 키우며 집도 공덕처럼 되살아났다. 무너졌던 돌담엔 새 돌을 쌓아 올렸고, 찢어진 창호지도 덧대었다. 집 곳곳에 바리의 흔적이 녹아 있었다. 벽에는 바리가 자랄 때마다 키를 잰 선이 그어져 있었고, 발바닥 도장을 찍은 현무암 석판도 놓여 있었다.

"바리야! 어멍 왔다!"

공덕이 창호지 문을 열었다. 이제 열한 살이 된 바리의 뒷모습이 보였다. 바리는 용왕이 둘러 준 비단으로 지은 옷을 입고 있었다. 서책에 코를 묻은 채 글공부에 열중하는 바리를 보며 공덕은 흐뭇하게 웃었다.

"우리 딸, 글공부하느라 대답도 못했구나. 기특도 하지. 어멍이 우리 바리 먹이려고 보말 캐 왔어. 맛있겠지?"

공덕은 바리에게 다가갔다.

어찌 된 일인지 펼쳐진 서책엔 낙서만 가득했고, 바리가 쥔 붓은 허공에 멈춰 있었다. 공덕이 바리의 어깨를 치자 스르륵 바리가 사라지고 벚꽃잎 하나만 바닥에 떨어졌다. 바리가 마법으로 만든 환영이었다.

공덕의 가무스름한 얼굴이 하얗게 질렸다.

"이 녀석이, 또? 거긴 절대 가면 안 되는데!"

공덕은 보말을 냅다 던지고 밖으로 달려갔다.

"바리야!"

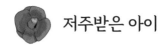# 저주받은 아이

바리는 동네 아이들과 바다에 있었다. 바리는 몰랐겠으나 용왕과 꼭 닮은 모습으로 자랐다. 허리까지 내려오는 연보랏빛 머리카락은 바다 물결처럼 굽이쳤고 연보라색 눈동자는 보석처럼 맑았다.

동네 아이들은 칠흑같이 검은색 머리카락에 검은색 눈동자를 지니고 있어 바리만 외딴섬처럼 튀었다.

"시작!"

단발머리 여자아이가 외치자, 바리와 아이들은 손으로 코를 잡고 동시에 입수했다. 얼마 못 가 아이들은 하나둘 숨을 못 참고 물 위로 올라왔다. 동네에서 숨이 가장 길다고 소문난 아이도 물 위로 올라왔지만, 바리만 아직 나오지 않았다.

시간이 갈수록 아이들의 얼굴은 퍼렇게 질려 갔다.

"왜 안 올라와?"

"무슨 일 난 거 아냐?"

"어, 어떡하지?"

겁먹은 아이들 뒤로 스윽— 무언가 올라왔다. 물에 젖은 머리카락이 뺨에 달라붙어 물귀신처럼 보이는— 바리였다.

"으악!"

"물귀신이다!"

아이들이 기겁하며 뒷걸음쳤다.

"헤헤, 내가 제일 오래 참았지? 이제 나도 곱을락(숨바꼭질)에 끼워 줘!"

바리가 씩 웃자 음침한 것이 정말 물귀신 같았다. 용왕의 딸 바리는 어여쁜 아기 시절을 거쳐 이렇게 역변했다.

"괴, 괴물! 사람은 그렇게 오래 못 버틴다고!"

"괴물은 곱을락에 못 끼워 줘!"

아이들이 놀리자 바리는 그럼 그렇지 하며 어깨를 늘어트렸다.

"버려져서 바리데기~! 공덕 할망도 언제 널 버릴지 모른다네~!"

골목대장 격인 아이가 할망 이야기를 꺼내자, 바리의 눈썹이 꿈틀했다.

"할망 얘긴 하지 마!"

"어른들이 넌 저주받은 아이랬어. 그래서 네 부모도 널 버린 거고, 공덕 할망네 가족도 죽었댔어. 다 네 탓이라고!"

"뭐라고?"

바리의 눈이 불처럼 이글거렸다. 곱슬머리가 하늘로 치솟아 꿈틀거리자 연보라색 불꽃이 타오르는 것 같았다.

"으아아악! 진짜진짜 괴물이다!"

아이들이 바리만 두고 흩어졌다.

"뭐가 어째? 이놈들 이리 안 와?"

멀리서 공덕이 짚신을 휘두르며 달려왔다.

"이렇게 이쁜 괴물 있으면 나와 보라 그래! 늬들 다음에 걸리기만 해 봐. 너희 어멍 아방(엄마 아빠)한테 다 이를 거야!"

공덕이 도망치는 아이들의 등에 대고 소리쳤다. 아이들은 공덕과 바리에게 메롱을 하며 달아났다.

"괴물 맞는데 뭐. 그러니까 친부모도 날 버렸지."

바리가 말했다.

"어멍이 바당에 들어가지 말랬지? 왜 어멍 말을 안 들어?"

공덕은 바다로 들어가 바리를 뭍으로 끌고 나왔다.

바리는 동네 아이들에게 제일 잘하는 숨 참기를 보여 주려고
했다. 그러면 아이들과 친구가 될 수 있을 줄 알았다.

"아니, 난 애들이랑 놀려고……."

"공부할 시간에 놀긴 왜 놀아? 그것도 하필 바당에서 놀겠다
고 해?"

공덕이 바리의 말을 잘랐다.

"바당이 자꾸 부르는 것 같단 말이야!"

"그거 물귀신이야, 물귀신! 부르긴 누가 널 부른다 그래? 네
가 무슨 바당의 공주라도 되는 줄 알아?"

"아냐, 물혼은 다르게 생겼어. 지금도 할망 뒤에 있는데?"

"뭐?"

공덕은 새파랗게 질려서 뒤를 봤다. 아무것도 없는 것을 확인
하고 휴– 안도의 한숨을 쉬었다.

바리가 키득키득 웃자 공덕은 인상을 썼다.

"어멍이 어디 가서 그런 소리 하지 말랬지? 누가 들으면 어쩌
려고? 사람들이 알면 우리 쫓겨나!"

"자꾸 물혼이 보이는 걸 어떡해? 왜 말도 못하게 해? 봐! 이런 것도 할 수 있는데 왜 힘을 쓰면 안 되는데?"

바리가 꽃잎을 후- 불었다. 모래밭이 일어서더니 공덕의 허리만큼 오는 모래 궁궐이 만들어졌다. 지나가던 꽃게 가족이 모래 궁궐이 마음에 들었는지 궁궐로 들어가 자리를 잡았다.

"마법 부리지 마라, 바당에도 나가지 마라, 할망은 다 하지 말라고만 하잖아."

"어멍이 언제 그랬어? 그리고 할망이라고 부르지 말랬지?"

"봐, 또! 또! 하지 말라고 하잖아."

"바당이 얼마나 위험한지 네가 몰라서 그래. 넌 세상이 어떤지 아무것도 몰라. 그러니까 어멍 말대로만 해."

"싫어! 나도 바당 나가서 물질할 거야! 아무것도 모르는 건 내가 아니라 할망이라고!"

바리의 머리카락이 하늘로 치솟았다. 바리는 옆에 있던 하얀 꽃잎을 따서 후- 불었다. 하얀 꽃잎 회오리에 감싸여 바리가 사라졌다.

어릴 때는 말도 잘 듣고 착한 아이였는데, 바리는 자라면서 누굴 닮아 가는지 삐딱해졌다. 다른 아이들처럼 평범하게 자라기만 바랐는데 왜 이리 엇나가는지 속상했다.

50

공덕은 바리가 사라진 자리에 남은 꽃잎을 바라봤다.

"하아…… 세상에서 물질이 제일 힘든 줄 알았는데, 물질보다 어려운 게 자식이구나."

넓게 펼쳐진 노란 유채밭에 유채꽃이 살랑살랑 흔들렸다. 조랑말 몽생이가 유채꽃을 뜯고 있었다. 휘이잉- 바람이 불어오자 몽생이의 밤색 갈기가 휘날렸다. 몽생이는 귀를 쫑긋 세우며 고개를 들었다.

• "히히힝?"

꽃잎 회오리와 함께 바리가 몽생이 등에 올라탄 채로 나타났다.

"오늘은 진짜 가출할 거야. 가자! 몽생아!"

바리가 발로 몽생이의 옆구리를 톡 찼다.

몽생이는 바리의 유일한 친구였다. 자세히 말하면 살아 있는 것들 중에서 말이다. 주상절리에서 떨어져 다리를 다친 몽생이를 바리가 구해 주었다. 몽생이는 바리의 속을 읽을 만큼 영리했고 제주에서 으뜸으로 빠른 조랑말이었다. 몽생이와 바리는 둘도 없는 친구가 되었다.

"더 이상은 못 참아. 바당 건너 육지로 나갈 거야! 출발!"

바리가 말했지만, 몽생이는 코웃음을 치며 유채꽃만 뜯었다.

"너도 나한테 아무것도 하지 말란 거야?"

"히히힝—"

바리가 몽생이의 말을 알아듣고 이야기했다.

"아니, 그게 아니라, 할망이 내 말은 안 듣잖아. 그래서…"

"히히힝!"

"뭐? 내가 잘못했을 거라고? 쳇. 됐어! 나 혼자 갈 거야!"

바리가 등에서 내리려고 하자 몽생이가 앞발을 들었다.

"어어어?"

바리의 몸이 뒤로 기울어졌다. 바리는 두 팔로 몽생이의 목을 안았다.

몽생이가 바리를 태우고 달리기 시작했다. 몽생이가 달리는 대로 유채꽃이 양옆으로 벌어지며 노란 길이 났다. 바리를 태운 몽생이는 유채밭을 벗어나 초록 벌판을 달렸다. 기생화산인 오름을 달리고 바닷가를 달렸다.

푸른 바다에서 불어오는 하늬바람에 바리의 갑갑했던 마음도 상쾌해졌다. 영특한 몽생이는 바리를 달래는 법을 기가 막히게 알았다. 바리는 언제 그랬냐는 듯 활짝 웃으며 몽생이를 타고 달렸다.

몽생이는 진회색 주상절리 꼭대기로 올라갔다. 바리와 몽생이가 처음 만났던 그곳이었다. 바리는 몽생이의 윤이 나는 밤색 갈기를 쓰다듬었다. 기분이 좋은지 몽생이는 푸르르 소리를 내며 고개를 흔들었다.

푸른 바다 위에 노른자 같은 저녁노을이 떴다.

바리는 깊은 눈으로 노을이 반사된 바다를 바라보았다. 공덕은 바리에게 넌 아무것도 모르니까 자기 말만 들으라고 했다. 하지만 바리가 보기에 진짜 모르는 것은 공덕이었다.

바리는 공덕을 어멍이라 부를 수 없었다. 하나도 닮지 않은 데다 주워 온 아이란 것을 제주 사람들이 다 알아서였다. 어멍이라고 불러도 될까. 진짜 딸도 아닌데. 언제나 이 생각이 바리의 가슴을 무겁게 짓눌렀다. 바리는 동네 아이들을 따라 공덕을 할 망이라 불렀다.

게다가 바리는 바다가 좋았다. 바리는 돌고래들에게 바다 밑에 한라산처럼 큰 산과 바리의 머리카락을 닮은 아름다운 연산호가 꽃처럼 피어 있다는 것을 들었다. 귀를 기울이면 바다 너머에서 그리운 목소리가 자신을 부르는 것 같았다. 그 목소리를 따라 몽생이와 달리다 보면 언젠가 친부모를 만날 수 있지 않을까 운명을 알 수 있지 않을까 생각했다. 하지만 공덕은 바리가 공부하기 싫어서 지어낸 이야기쯤으로 여겼다. 공덕은 바리에게 바다에 발도 담그지 말라고 했다. 왜 그러면 안 되냐고 물어도 공덕은 답해 주지 않고 바다는 위험하다고 공부나 하라고 잔소리했다. 그럴수록 바리는 얼굴도 모르는 친부모가 궁금했다.

"저 바당을 건너면… 나를 낳아 주신 부모님이 계실까? 그분들도 나처럼 생겼을까? ……정말… 내가 괴물이라서 버린 걸까?"

"히히힝–"

몽생이가 고개를 저었다.

"고마워, 몽생아."

바리는 두려웠다. 정말 저주받은 아이라서 공덕의 가족이 목숨을 잃은 것일까 봐, 공덕에게도 버려질까 봐 두려웠다.

공덕은 정말 아무것도 몰랐다.

 동수자와 해골꽃

오늘따라 용궁의 파도가 거칠었다. 용왕의 심기가 불편해서
였다.

용왕은 대왕 가리비와 하얀 고래 뼈로 만든 왕좌에 앉아 있었
다. 그녀는 진주 머리핀을 하고 투명한 바다 수정으로 만든 왕관
을 쓰고 있었다. 달팽이 주술사가 조개 청진기로 용왕을 진찰했
다. 손목의 맥까지 짚은 달팽이 주술사가 심각한 표정을 지었다.

"그래 무슨 병인가?"

용왕이 물었다.

달팽이 주술사가 망설이다가 답했다.

"……죽을병이옵니다."

"……그렇구나. 어쩐지 꿈자리가 뒤숭숭하더군."

용왕이 무심하게 말했다.

대신들은 용왕보다 충격을 받았는지 하얗게 질린 얼굴로 주술사를 봤다.

"뭐라? 죽을병? 제대로 확인한 거요?"

문어 대신이 화를 내며 입으로 먹물을 뿜었다.

달팽이 주술사는 얼굴에 튄 먹물을 소매로 닦았다.

"예, 이유는 알 수 없사오나 용왕님께선 하늘의 노여움을 사셨습니다. 그리하여 벌을 받으신 것입니다."

"노여움을 살 행동이라니? 대체 용왕님께서 무얼 잘못하셨단 말인가?"

문어 대신이 또 먹물을 뿜었다. 달팽이 주술사는 지느러미를 휘리릭 움직여 먹물을 피했다. 그 바람에 뒤에 있던 해마 대신이 먹물을 뒤집어썼다.

"딱 하나, 용왕님의 병을 낫게 할 약이 있습니다만….."

"어서 아뢰지 않고 뭣 하는 거요! 빨리 아뢰시오!"

문어 대신의 호통에 달팽이 주술사가 침을 꿀꺽 삼키고 말했다.

"동수자가 키우는 해골꽃이옵니다!"

용궁 안은 충격으로 술렁였다.

"뭐라!"

"동수자?"

"이럴 수가!"

동수자라는 말에 한결같던 용왕도 평정심을 잃고 눈을 질끈 감았다.

대신들은 혼란에 빠져 말했다.

"어째서 금기와 같은 그자의 이름이 여기서 나온단 말이오? 동수자라니!"

"동수자라면 저승 바다를 다스리는 그 악질 귀신 아닌가?"

"해골꽃을 보물처럼 아껴서 무시무시한 곳에 숨겨 두었다면서요!"

"이건 용왕님더러 그냥 죽으란 거 아니요?"

달팽이 주술사가 말했다.

"저승 바다는 절대 금지 구역입니다. 이승 바다의 왕인 용왕님도 가실 수 없는 곳이지요. 저승의 혼과 대화할 수 있는 자가 아니고선……."

"아니 그럼 누가 간단 말이오?"

“용왕님도 못 가는 곳을 우리라고 갈 수 있나?”

대신들은 서로를 저승으로 보내려는 듯 다퉜다. 그 모습을 보니 용왕은 지끈지끈했던 머리가 더 아팠다.

“생각해 보니 내 벌 받을 일이 하나 있네.”

용왕이 왕관을 벗으며 말했다.

“내 딸 벼리를 품에 안아 보지도 않고 그리 보낸 것이지.”

용왕을 보던 대신들은 숙연해져 아무 말도 하지 못했다. 주술사 역시 슬픈 얼굴로 고개를 숙였다.

“살아 있다면 지금쯤, 아주 멋진 소녀가 되었을 텐데…….”

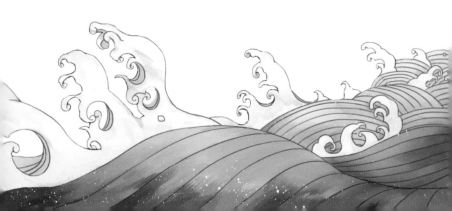

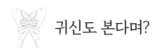 ## 귀신도 본다며?

바리는 공덕과 제주 오일장에 나와 있었다. 팥고물이 묻은 쫄깃한 오메기떡, 푸른 비늘의 싱싱한 고등어 회, 초록색 해초 색깔의 보말 칼국수, 흑돼지 고기와 짚신, 현무암으로 조각한 돌하르방처럼 신기한 것이 잔뜩 있었다. 바리가 대야에 담긴 대합을 신기하게 보고 있을 때였다.

"저 아이가 바리데기라고?"

행인들이 바리를 보며 수군대는 소리가 들렸다. 오일장에 신기한 것들이 한 아름 있었건만 행인들에겐 바리가 가장 신기한 모양이었다.

"동물이랑 말도 한다며?"

"그뿐이면 다행이게? 귀신도 본다던데?"

"히익- 무서워라. 역시 저주받은 아이가 틀림없어. 그러니 버려졌지. 가까이 있다간 우리까지 봉변을 당할 걸세."

행인들의 말에 바리는 어깨가 움츠러들었다. 어릴 때부터 겪어 온 일이건만 사람들의 눈빛은 날카로운 가시처럼 가슴을 찔렀다.

바리가 자리를 뜨려 하자 공덕이 바리 앞에 서서 행인들에게 삿대질했다.

"시장에 왔으면 물건이나 구경할 것이지. 왜 남의 딸을 구경하시오?"

"하이고, 자기 배 아파서 낳은 딸도 아니면서 무슨! 저리 오냐오냐 감싸니 애가 저 모양이지."

"뭐요? 이 양반들이 진짜! 나랑 한바탕해 보자, 이거지? 내가 왕년에 제주 바당을 주름잡던 칠공주, 칠해녀파였어!"

공덕이 소매를 걷으며 소리쳤다.

"또 시작됐군."

"제 자식도 아니면서 참 유난이야."

시장 사람들이 수군거렸다.

하. 또 저런다. 바리는 이마를 짚었다. 공덕은 바리 이야기만

나오면 돌변하는 알아 주는 쌈닭이었다. 바리는 이럴 때마다 공덕이 창피했다. 조용히 넘어가면 될 일을 꼭 싸워서 키웠다. 그럴수록 사람들은 바리를 이상하게 쳐다봤고, 바리는 더 주눅이 들었다.

"할망 그만해. 괜찮아. 그냥 가자."

"내가 안 괜찮은데 뭘 그만해?"

"할망이 이럴수록 창피하단 말이야!"

"네가 왜 창피해? 왜? 저 인간들이 창피해야지! 허튼 소릴 못하게 내가 아주 그냥 저것들을……!"

성을 내던 공덕의 눈앞이 핑 돌더니 캄캄해졌다. 해녀병 때문이었다.

공덕이 쌕쌕거리는 숨을 뱉으며 비틀거리자 바리가 부축하며 물었다.

"할망, 괜찮아? 어디 아파?"

"아, 아무것도 아냐. 목이 타서 그래. 괜찮아."

공덕은 바리를 앞에 있는 옷감 가게로 떠밀었다.

"저기 들어가 있어. 금방 따라갈게."

공덕이 씩씩대며 행인들을 노려봤다. 행인들은 공덕의 서슬 퍼런 눈빛에 얼어붙었다. 공덕은 행인들의 입에 대합을 하나씩 물리며 말했다.

"다음에도 그런 소릴 하면 이 주둥아릴 가만두지 않을 거요! 알겠소?"

겁먹은 행인들은 고개를 끄덕였다. 공덕이 자리를 뜨자 행인들은 대합에 물려 퉁퉁 부은 입술을 한 채 줄행랑을 쳤다.

공덕은 옷감 가게에 들어가기 전에 거친 숨을 가다듬었다. 해녀병이 하루가 다르게 악화되고 있었으나 바리에게 들켜선 안 됐다. 공덕은 숨을 진정시키고 가게로 들어갔다.

옷감 가게에는 맑은 소리가 나는 풍경, 보드라운 색색의 고운 옷감, 꽃이 달린 비녀와 화려한 노리개 등이 있었다. 바리는 신기하고 예쁜 것들에 눈이 돌아가는지 구경하기 바빠 보였다.

문득 공덕의 눈에 하늘색 비단이 들어왔다. 하늘을 옮겨 놓은 듯 아름다운 푸른색에 물 먹은 미역처럼 매끄러운 비단이었다. 공덕은 홀린 것처럼 하늘색 비단을 들고 경대(조선시대의 화장품을 담는 수납장)의 거울을 보았다. 거울에 비친 공덕의 얼굴은 푸석하고 주름이 져서 비단과 어울리지 않았다. 할머니 같은 자기 모습을 보니 공덕은 꿈에서 깬 듯 정신이 퍼뜩 들었다.

"내 주제에 무슨……."

공덕이 비단을 내려놓자, 어느새 다가온 바리가 옆에서 물었다.

"안 사? 할망 새 옷 필요하잖아. 비단 잘 어울리던데?"

바리의 시선이 공덕의 해진 옷을 향했다. 몇 번을 덧대어 꿰맸는데도 저고리에 구멍이 숭숭 뚫려 있었다.

공덕은 일부러 크게 웃으며 말했다.

"에이~ 요즘 해녀들 사이에선 이렇게 꿰매 입는 게 유행이야. 봐, 구멍이 크게 뚫린 게 아주 멋스럽지? 많이 덧대 입을수록 멋쟁이 해녀로 통한다니까."

그럴 리가, 라는 얼굴로 바리가 쳐다보자 공덕이 얼른 말을 돌렸다.

"아이고, 예쁜 댕기가 많네! 하나 골라 봐, 바리야. 내일 용왕님께 굿하러 가는데 예쁘게 보여야지."

"됐어."

"골라 보라니까? 어멍 돈 많아."

"음, 그럼 난 이거."

바리는 검은색 댕기를 골랐다. 칙칙하고 평범해 보이는 게 마음에 들었다. 어딜 가도 튀어 보이는 바리는 최대한 평범해 보이고 싶었다.

공덕은 바리가 집은 검은색 댕기를 보자 한쪽 눈썹을 올리며 인상을 썼다.

"에이, 내 눈엔 이게 더 이쁜데?"

공덕이 분홍색 댕기를 집었다.

"또, 또! 할망 뜻대로 할 거면서!"

"어멍이 제일 잘 아니까 그러지. 봐, 분홍색 갖다 대니까 얼굴이 확 살잖아."

공덕은 바리를 경대 앞에 앉히고 바리의 머리를 땋았다.

"이렇게 풀고 다니니까 애들이 물귀신 같다고 놀리는 거야. 이쁘게 땋고 다니면 좀 좋아?"

"에이, 물혼은 이렇게 안 생겼다니까. 지금도 할망 옆에 있는데?"

"또 이상한 말 한다!"

"내 말은 듣지도 않고, 이럴 거면 여기 왜 오자고 했어?"

엉킨 밧줄처럼 드센 바리의 머리카락은 바리의 성질만큼이나 제멋대로였다. 조금만 빗어도 참빗이 부러져 공덕은 주인 몰래 부러진 참빗을 휙 던졌다.

"용왕님께 굿을 드리는 자리에 처음 가는 건데 이쁘게 보여야 할 거 아냐."

"쳇, 용왕은 무슨."

공덕은 맨손으로 머리를 땋기 시작했다. 공덕이 머리카락을 하도 세게 당겨서 바리의 눈꼬리가 쭉 치켜 올라갔다.

"아~ 아파. 그만 잡아당겨."

바리가 손으로 눈꼬리를 내리며 투덜거렸다.

"다 됐다! 짠!"

공덕이 경대의 거울을 돌려 바리에게 보여 주었다.

"예쁘지? 어멍 닮아서."

"하나도 안 닮았어."

"봐, 닮았어."

공덕이 바리의 뚱한 입꼬리를 손가락으로 올리며 말했다.

"웃으면."

웃는 공덕과 억지로 웃는 표정이 된 바리는 닮은 것도 같고 안 닮은 것도 같았다.

바리가 몸을 홱 돌려 공덕을 봤다.

"할망, 나 진짜 서당 안 가면 안 돼? 물질하고 싶어. 응?"

바리는 눈을 초롱초롱 빛내며 물었다.

"안 돼! 넌 물에 손도 대지 말고 발도 대지 마. 바당에서 물질 하는 게 어디 쉬운 줄 알아? 글공부해서 성공하는 게 제일 좋은 거야! 잔말 말고 공부나 해."

"쳇, 날 버린 어멍은 공부 못했을 거야. 내가 공부 싫어하는 거 보면.”

“아니야, 넌 나 닮아서 공부 잘할 거래도?”

“진짜? 할망 공부 잘했어?”

바리의 말에 공덕의 눈동자가 갈 곳을 잃고 방황했다. 공덕
은 흠흠 헛기침을 하더니 “주인 하르방(할아버지) 여기 계산이
요!” 외치며 자리를 피했다.

바리는 나가다가 하늘색 비단을 한 번 더 돌아봤다.

“안 나오고 뭐 해?” 공덕의 성화에,

바리는 “알았어. 가!” 입을 삐죽거리며 가게를 나갔다.

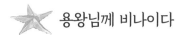 용왕님께 비나이다

둥둥둥! 짤랑- 웅장한 북소리와 맑은 방울 소리가 제주 바다에 퍼졌다.

바닷가 칠머리당에서 굿이 시작되었다. 칠머리당은 정사각형으로 돌담을 쌓고 가운데는 굿을 할 수 있게 만든 올린 곳이다. 마을 어르신은 오색빛깔 깃발을 세우고 칠머리당 앞에 소박한 나무 반상을 놓았다. 해녀들은 반상에 정성껏 준비해 온 음식을 올렸다. 공덕은 며칠 전에 캤던 보말로 만든 국을 가져와 소반에 놓았다.

"용왕님께 비나이다! 바당에서 아무 사고 없게 해 주시고, 제주 바당에 오셔서 해산물의 씨를 풍성히 뿌려 주소서!"

마을 어르신이 방울을 흔들며 용왕에게 굿을 올렸다. 해녀들, 아이들과 주민들은 어르신을 따라 소원을 빌었다. 공덕도 손바닥이 닳도록 손을 문지르며 간절히 기도했다.

'용왕님, 저 아직 아프면 안 돼요. 바리한테 해 줘야 할 게 아직 많아요. 물질 오래오래 해서 우리 바리 공부도 시키고 맛난 것도 많이 먹이게 도와주세요.'

정작 바리는 굿에 아무 관심도 없었다. 용왕 같은 건 어른들이 애들한테 말 잘 들으라고 지어낸 거짓말이라고 생각했다. 머릿속엔 빨리 굿이 끝나서 몽생이와 달리고 싶단 생각뿐이었다.

"언제 끝나나……. 하암."

바리는 시큰둥한 표정으로 입을 쩍 벌리고 하품했다.

용궁의 대왕 진주에 공덕과 해녀들의 모습이 나타났다. 문어 대신이 여러 개의 발로 해초 영사기의 태엽을 돌렸다. 필름처럼 해초가 차르륵 차르륵 돌아가며 대왕 진주에 한 줄기 빛이 쏘이며 해녀들의 모습이 보였다.

용왕은 아픈 몸을 이끌고 왕좌에 앉아 그녀들의 소원을 들었다. 그사이 용왕은 더욱 파리해졌으나 이 일을 소홀히 할 순 없었다. 이승 바다를 지배하는 자로서 꼭 해야 할 일이었다.

해초 영사기를 통해 영동 해녀가 대왕 진주에 꽉 차게 보였다. 바다 달팽이 주술사가 고했다.

"영동 해녀입니다. 안전하게 물질하게 도와주시고, 아들과 남편의 건강을 지켜 달라 합니다."

"들어줘라."

용왕이 말했다.

쭈꾸미 서기관들이 미역에 먹을 뿌려서 영동 해녀의 소원을 받아 적었다.

"다음!"

달팽이 주술사의 호령에 맞춰 문어 대신이 해초 영사기를 돌렸다. 대왕 진주에 비친 화면이 움직이며 다른 해녀가 보였다. 달팽이 주술사가 해녀가 마음으로 비는 소원을 듣고 용왕에게 전했다.

"경진 해녀! 전복을 자기만 캐서 부자가 되게 해 달랍니다."

"바다는 모두의 밭이거늘! 어찌 자신만 전복을 캐게 해 달란 말인가! 저 해녀는 1년간 보말만 캐게 하라!"

용왕이 말하며 한 손으로 왕좌의 팔걸이를 꽉 쥐었다. 그녀의 진노에 용궁이 쿠구궁 흔들렸다. 카리스마 넘치는 용왕의 명에 쭈꾸미 대신은 놀라서 공중에 먹을 지렸고, 소라게 대신은 등에 진 소라껍데기로 숨어 버렸다.

대왕 진주에 또 다른 해녀가 나타났다. 스르륵 그녀의 얼굴을 크게 잡으려고 해초 영사기의 화면을 움직이는데 공덕 뒤에 있는 연보라색 머리카락이 보였다.

"!"

화면이 그대로 지나가려 하자 용왕이 외쳤다.

"잠깐! 옆을 비춰 보거라!"

용왕이 힘겹게 상체를 앞으로 기울였다. 용왕의 명대로 화면은 옆에 있는 공덕을 비추었다. 문어 대신은 해초 영사기를 돌려 화면을 잡아당겼다. 대왕 진주에 공덕 뒤에 선 연보라색 머리카락의 주인공이 비춰졌다.

"이럴 수가!"

"저 모습은!"

달팽이 주술사와 대신들이 웅성거렸다.

바리였다. 대왕 진주에 비친 바리는 용왕과 똑같은 머리색과

눈동자를 가지고 있었다. 바리는 지루해 뾰로통한 표정이었지
만 호기심이 가득한 눈동자는 별처럼 반짝이고 있었다. 용왕은
비틀거리며 몸을 일으켰다. 왕좌를 힘겹게 짚고 서서 대왕 진주
에 비친 바리를 보았다.

"벼리……! 내 딸 벼리가 살아 있었어!"

 출생의 비밀

공덕의 방에 구찌 가락지, 샤넬 꽃신, 루이비통 복주머니, 입
생로랑 노리개 등 용궁의 명품이 쏟아졌다. 물건마다 용궁에서
만들었다는 표식이 자수로 수 놓여 있다.

바리는 눈이 부시게 빛을 발하는 명품의 자태에 입을 다물
줄 몰랐다. 바다 달팽이 주술사가 용왕의 명을 받들고 공덕과
바리를 찾아온 것이다. 달팽이 주술사는 용궁의 명품을 쏟아 내
며 바리가 실수로 버려지게 된 이야기를 늘어 놓았다.

그러거나 말거나 바리는 샤넬 꽃신을 신으며 말했다.

"우아! 이 꽃신, 신으니까 발에 딱 맞게 늘어나요!"

용왕 같은 건 없다던 바리가 저러고 있는 걸 보니 공덕은 기가 막혔다. 공덕은 경계하는 표정으로 정지(부엌)에서 감귤차를 내왔다.

달팽이 주술사가 감귤차를 호로록 마시며 말했다.

"신는 사람의 발에 맞춰 줄거나 늘어나는 명품 꽃신이지요. 용왕님께서 공주님을 위해 마법으로 만드신 소박한 선물입니다."

"와, 소박한 게 이 정도면 큰 선물은 대박이겠네요?"

바리가 속없는 소리를 하자 공덕이 옆구리를 콕 찔렀다. '아, 왜?' 바리가 입 모양으로 항의했으나 공덕은 못 본 척하며 달팽이 주술사에게 물었다.

"아니, 그래서 그 말을 믿으란 거요? 바리가 용왕님 딸이라고?"

달팽이 주술사가 소매에서 피리처럼 긴 맛조개를 꺼냈다.

"예. 이것이 용궁의 친자 확인 검사 조개입니다. 이 조개에 용왕님의 머리카락과 벼리 공주님의 머리카락을 넣어 대조한 결과 이렇게 백의 확률로 모녀 관계가 맞다는 결과가 나왔습니다."

맛조개를 톡 치니 두루마리 종이가 나왔다. 달팽이 주술사는 종이를 펴서 바리와 공덕에게 보여 주었다. 종이에는 '바리와 용왕은 모녀 관계가 백의 확률로 맞습니다' 도장이 쾅 찍혀 있었다.

"다 제 탓입니다. 제가 공주님이 돌아가신 줄 알고 잘못 말씀드린 바람에…, 용왕님도 그렇게 믿으셨던 거지요. 죄송합니다, 벼리 공주님."

"아까부터 왜 자꾸 벼리라고 하시오? 우리 딸 이름은 벼리가 아니라 바리요, 바리!"

공덕이 인상을 쓰며 정정했다.

"용왕님께선 바다의 별처럼 빛나라고 '벼리'라 지으셨습니다. '이 무슨 막장 드라마 같은 출생의 비밀인가!' 하고 놀라셨겠지만…."

"아뇨! 너무 좋아요!"

바리가 눈을 빛내며 끼어들었다.

"요새 누가 출생의 비밀 같은 걸로 울고불고하겠어요? 버려진 아이가 알고 보니 용궁의 공주! 아~ 비련의 여주인공 같고 좋잖아요! 어쩐지 바당만 보면 가슴이 막 두근거리고 바당 건너에 제 운명이 있을 것 같고 그랬거든요!"

바리가 흥분해서 다다다다 쏟아 내자 달팽이 주술사는 흠칫 놀랐다. 바리는 용왕님의 카리스마 넘치는 성격과 많이 달랐다. 용왕님의 기품 있는 모습과 달리 머리를 우중충하게 늘어트린 바리의 음침한 모습에 주술사는 적잖이 당황했다.

"그러니까 저승에 가서 해골꽃만 구해 오면 된다 이거죠? 그럼 진짜 용왕님도 만나고 용궁 구경도 할 수 있어요? 비싼 선물도 받고요?"

바리가 물었다.

"그럼요. 용왕님께선 지금도 벼리 공주님을 기다리고 계십니다."

달팽이 주술사가 소매에서 진주를 꺼내 바리에게 주었다. 마법의 진주알에 용왕의 얼굴이 비쳤다. 검은색 머리의 제주 사람들 사이에서 바리는 늘 외로움을 느꼈다. 자기와 똑같은 용왕의 연보라색 머리카락과 눈동자를 보자 심장이 거세게 뛰었다. 용왕의 얼굴은 바리가 있어야 할 곳이 용궁이라고 말하는 것 같았다. 바리는 저도 모르게 용왕의 얼굴을 쓰다듬듯 진주알을 어루만졌다.

옆에서 바리를 보던 공덕은 불안했다. 바리의 눈에서 그리움이 보였다. 공덕은 찻잔만 만지작대며 답답한 마음을 달래려 뜨거운 감귤차를 단숨에 들이켰다.

"공주님의 혼을 볼 수 있는 능력이 저승 바다에 갈 수 있게 도와줄 것입니다."

달팽이 주술사가 절을 하며 간청했다.

"부디, 저승 바다에서 해골꽃을 가져와 주십시오."

공덕은 "그런 아픈 사연이…" 하더니, "내가 이럴 줄 알았소? 썩 나가시오!" 소리치며 주술사를 쫓아냈다.

"버릴 땐 언제고, 아쉬우니 찾아와서, 뭐? 저승엘 가? 해골꽃을 구해? 그러고도 용왕이 친어멍이요? 용왕이란 자는 염치도 모른다오?"

"그것이 아니라, 용왕님께서 자리를 비우시면 이승 바다가 위험해지기에…."

"시끄럽소! 바리는 내 딸이오! 다신 오지 마시오!"

공덕은 정낭(제주의 집 대문) 밖으로 주술사를 쫓아내고 소금을 한 바가지 뿌렸다. 주술사는 기겁하며 물러났다.

"공덕님! 공덕님!"

공덕은 씩씩대며 방으로 들어왔다.

바리는 속도 없이 샤넬 꽃신을 신고 있었다. 바리가 구찌 가락지를 손가락마다 끼고 루이비통 복주머니까지 멘 것을 보자 공덕은 어이가 없었다.

"전부 내려놔! 바당에 던져서 용왕한테 돌려줄 거야."

"아깝게, 왜? 어멍이 나 주는 선물이래잖아."

"……어멍?"

78

공덕은 심장이 내려앉았다.

"응! 용왕님이 내 어멍이라며?"

바리는 신나서 떠들었다.

"나 해골꽃 구하러 저승에 갈 거야. 그래서 어멍도 만나고, 그동안 하고 싶었던 말도 하고, 부탁도 좀 하고…."

"……안 돼."

공덕이 말을 잘랐다.

"거기가 어디라고 가? 저승이 어디 제주 옆집인 줄 알아? 어쩜 그렇게 철이 없어? 저승이 얼마나 무서운 곳인지 알아? 죽음이 얼마나 무서운 건지 아냐고!"

바리는 안 된다는 말에 반항심부터 생겼다.

"난 신기한 재주가 있잖아! 내 마법이면 바당 건너서 저승에서 해골꽃도 구해 올 수 있어!"

"바당이 얼마나 위험한데! 넌 못해! 절대 안 돼!"

"왜 할망은 다 안 된다고만 해? 진짜 어멍도 아니잖아!"

"……!"

공덕은 굳은 얼굴로 입을 다물었다.

아, 심했다. 욱해서 뱉은 말이었지만 자기가 생각해도 심했다. 바리는 미안해서 뭐리 해야 할지 몰라 머뭇거렸다.

"하… 할망… 그게 아니라……."

"그래……. 넌 네 어멍을 닮아 그리 이기적이구나. 안 된다면 안 되는 거야! 집에서 한 발짝도 못 나갈 줄 알아."

쾅! 공덕이 문을 닫고 나갔다.

바리는 말없이 닫힌 문을 바라보았다.

저녁 하늘에 뜬 초승달이 외로워 보였다. 공덕의 마음이 외로워서일지도 몰랐다. 공덕은 주상절리 꼭대기의 세 돌탑 앞에 앉아 있었다. 돌탑 사이로 무성해진 잡초를 뽑으며 속풀이를 했다.

"혼자 아이 키우는 게 이리 힘들지 몰랐소. 버려진 아이라고 손가락질할까 봐 얼마나 귀하게 키웠는데. 나한텐 할망이라 하면서, 본 적도 없는 용왕은 바로 어멍이라 부르니. 내 어찌나 서운하던지……. 바리가 이대로 떠나 버릴까 봐 얼마나 심장이 철렁했는지 아시오?"

속상해서 눈물이 절로 났다. 공덕은 싱싱한 연산호 꽃다발을 남편의 돌탑 앞에 놓았다. 공덕은 1인 2역을 하듯 남편 목소리를 흉내 내어 말했다.

"그래도 당신이 잘못했어. 바리가 뭘 바라는지 물어보지도 않고 안 된다고 했잖아."

"……그건 그랬지. ……벼리라니. 이름도 참 예쁘게 잘 지었어. 용왕이라 그런가, 배운 사람은 역시 다른가 보오."

공덕은 품에서 종이를 꺼냈다. 바리를 처음 데려왔을 때 발견한 쪽지였다. 물에 번진 글자를 보며 공덕은 이번엔 자기 목소리로 말했다.

"이게 벼리인지 바리인지 어찌 알았겠소. 글 모르는 까막눈이라 어르신이 알려 준 대로 부른 것을. 바리라는 이름이 하필 버려진 아이라는 뜻인 줄 알았다면, 이름도 그리 안 붙였을 거요. 그래서 바리에게 그렇게 글공부 좀 하라고 잔소리하는 건데."

"그래도 잔소리가 심하긴 했어. 바리랑 마음을 터놓고 얘기해 보오. 바리가 뭘 원하는지 귀 기울여 봐. 그러면 바리도 당신 마음을 이해할 거야. 당신 딸이니까."

"쿨쩍, 고맙소. 서방 말대로 바리한테 사과해야겠소."

공덕은 소매로 눈물을 닦았다.

"오름아, 네 동생 바리랑 화해 잘하게 도와줘. 고넹아, 너도! 알았지?"

공덕은 오름이와 고넹이의 돌탑을 만지며 말했다. 돌탑 사이에 핀 꽃들이 바람에 나부껴 고개를 끄덕이는 것 같았다. 한바탕 울고 쏟아부었더니 마음이 가벼워졌다. 공덕은 무릎을 훌훌

털고 일어났다. 슬슬 내려갈 준비를 하는데 멀리서 히히힝- 울음소리가 들렸다.

"이 소린, 설마……?"

공덕은 절벽 밑을 내려다봤다.

바리가 몽생이를 타고 바다로 떠나고 있었다.

"바, 바리야!"

가슴이 철렁했다. 공덕은 사색이 되어 절벽을 내려갔다.

"바리야! 안 돼! 바리야!"

공덕은 바다로 달려가며 목이 터져라 불렀다.

바리는 공덕의 목소리를 듣지 못한 채 몽생이를 타고 빠르게 달렸다. 바리의 연보랏빛 머리칼이 바람에 펄럭였다. 공덕은 벼랑을 미끄러져 내려갔다. 바리를 잡으려고 심장이 터지도록 달렸지만 바리의 뒷모습은 멀어져 갔다. 공덕은 현기증을 느끼고 모래밭에 넘어졌다. 공덕의 얼굴은 모래 범벅이 되었다.

"바리야! 바리야! 가지 마!"

공덕은 가쁜 가슴을 부여잡고 외쳤다. 멀어지던 바리와 몽생이는 동백꽃 회오리와 함께 눈앞에서 사라졌다. 툭. 바리가 떠난 자리에 끊어진 조개 목걸이가 떨어졌다. 공덕은 모래밭을 기어가 조개 목걸이를 움켜쥐었다. 조개 목걸이를 쥐고 공덕은 바다를 향해 외쳤다.

"용왕이면 다요? 딸 버려 놓고 뭐 그리 잘났소?"

원통하고 악에 받친 외침은 흐느낌으로 변했다.

"다신 없을 행복을 느끼게 해 놓고 왜 또 빼앗아 간단 말이
오! 내 딸! 우리 바리 내놓으시오! 저승이 어딘지! 차라리 나도
따라가게 해 달란 말이오! 으흐흑……."

서서히 날이 저물었다. 그날 제주 바다는 밤보다 깊고 어두
웠다.

 물혼굿

공덕은 밤바다만큼 어두운 곳에 있었다. 어디선가 무슨 소리
가 나는 것을 들었다. 희미했던 소리는 점차 커졌다.

"할망……, 할망……!"

서서히 시야가 환해지며 어둠 속에서 바리가 보였다. 바리는
반짝이는 진주 머리핀을 하고서 철창에 갇혀 울고 있었다.

"할망, 도와줘……. 나 무서워……. 흐흑……. 물혼굿을 하면 산
사람도 저승 바당에 올 수 있대. 구하러 와 줘 할망……!"

"바리야! 바리야!"

공덕이 손을 뻗었다. 공덕의 손이 닿자마자 스스스- 바리가

재처럼 흩어져 사라졌다.

"바리야!"

공덕이 식은땀을 흘리며 일어났다.

꿈이었다. 헉헉…. 공덕은 가쁜 숨을 몰아쉬었다. 등허리가 땀으로 축축하게 젖어 있었다. 공덕은 비어 있는 바리의 이부자리를 쳐다봤다. 바리가 언제든 돌아오면 바로 누워서 쉴 수 있게 펼쳐 놓은 이불이었다. 바리의 베개에 놓아둔 조개 목걸이를 보니 가슴이 더욱 아렸다.

바리가 떠나고 며칠이 흘렀다. 바리가 갔다는 저승이 어딘지 알 수만 있다면 공덕도 따라가고 싶었다. 공덕은 바리를 찾아 백방을 수소문했지만 소식을 알 수 없었다. 선배 해녀 영동은 공덕에게 지금쯤 용궁에 도착해 용왕과 잘 살 거라고 이제 그만 바리를 잊으라고 했다.

공덕은 그럴 수 없었다. 매일 바리가 먹을 밥을 공기에 담아 이불 안에 넣어 뜨끈하게 해 놓고 바리를 기다렸다. 바리가 잘 지내는지 꿈에서라도 보게 해 달라고 빌고 또 빌었다. 그러다 드디어 바리의 꿈을 꾸었건만……. 이 불길한 꿈은 무어란 말인가.

"우리 바리한테 무슨 일이 생긴 게 틀림없어……."

피는 섞이지 않았지만 바리는 내 딸이다. 딸이 아프면 어멍이 맨 먼저 아는 법이다. 공덕은 바리가 어딘지 모를 곳에서 떨고 있을 걸 생각하니 가만있을 수 없었다. 공덕은 비장한 얼굴로 바리의 조개 목걸이를 목에 걸고 봇짐을 챙겨 밖으로 나갔다. 봇짐에는 공덕의 심장 같은 테왁과 빗창, 용궁의 명품 선물을 넣었다.

밖을 나서니 아직 새벽이었다. 하늘에 푸르스름한 빛이 감돌았다. 공덕은 발을 재촉해 마을 가운데 오름에 있는 어르신의 집으로 달려갔다.

"어르신! 어르신 계세요?"

집에서 자고 있던 어르신은 공덕의 소리에 놀라 일어났다. 창호지에 공덕의 그림자가 비쳤다.

"누군가? 공덕인가?"

"어르신, 저 좀 도와주세요!"

어르신이 문고리를 돌려 문을 열자 공덕이 다급하게 들어왔다.

"왜 이리 호들갑이야? 무슨 일 있나?"

어르신이 방에 있는 등불을 켜며 물었다.

"우리 바리가 위험해요! 물혼굿 좀 해 주세요!"

"⋯⋯물혼굿?"

등불을 켜던 어르신의 손이 멈췄다.

"⋯⋯어디서 들었는지 모르지만, 절대 안 되네! 바리는 용왕님 만나 잘 살 테니, 그만 잊게!"

어르신은 엄하게 말하며 공덕을 밖으로 쫓아냈다. 어르신이 방문을 닫으려 하자 공덕이 어르신의 치맛자락을 잡고 매달렸다.

"간밤에 바리가 꿈에 나왔어요. 저승에 갇힌 모양이에요. 우리 바리가 위험해요. 제가 구하러 가야 해요!"

"물혼굿은 물의 혼이 된 해녀들을 기리는 굿이야. 산 사람이 하면 몸은 이승에 두고 잠시 혼이 될 수 있지. 하지만 잘못하면 영영 저승을 떠돌게 돼! 돌아가게!"

"바리가 떠난 뒤 전 이미 저승이나 마찬가지였어요. 어르신 제발 도와주세요⋯⋯! 우리 바리 꼭 구해서 돌아올게요!"

"⋯⋯자네, 해녀병에 걸리지 않았나. 공덕이 자네 목숨도 얼마 안 남았어⋯⋯."

어르신은 마을의 해녀들을 딸처럼 여겼기에 크고 작은 일을 다 알고 있었다. 공덕의 애끓는 마음을 생각하니 어르신도 목이 메었다.

"그러니 부탁드리는 거예요. 제 남은 목숨을 내어서라도 우리 바리를 구할 수만 있다면⋯⋯. 전 어찌 되든 상관없어요. 그 어린것이 저승에서 헤매는 동안 친어멍이라는 용왕은 바리를 찾을 생각도 안 하고 있겠죠. 바리는 두 번 버려진 거예요. 그러니 제가 가야 해요. 바리 구해올 거예요. ……그게 어멍이 할 일이잖아요."

공덕의 눈에 눈물이 차올랐다.

어르신은 고개를 숙여 공덕의 눈을 들여다보았다. 단호한 눈동자를 보니 고집을 꺾을 것 같지 않았다.

"딸이나 어멍이나……. 바리 고집은 자네를 꼭 닮았구먼."

어르신은 다시 문을 열어 공덕을 집 안에 들였다.

어르신은 등불을 들고 정지(부엌)에 숨겨 둔 구덕(대나무 바구니)을 가져왔다. 구덕 안에는 노란색 기름이 담긴 유리병이 있었다. 유채꽃을 짜서 만든 기름이었다. 어르신은 공덕의 테왁에 물을 담아 노란 유채꽃 기름을 세 방울 떨어트렸다. 노란색 유채꽃 향이 은은하게 퍼지며 공덕을 감쌌다. 어르신이 노래 같은 말을 외우며 감귤 지팡이로 공덕의 무릎을 건드렸다. 그러자 공덕이 풀썩 쓰러지며 몸에서 혼이 빠져나왔다.

혼이 된 공덕은 남편을 처음 만났던 시절의 앳된 소녀 같은 모습이었다. 소녀가 된 공덕은 놀란 눈으로 자신의 모습을 훑어보았다. 하얗게 새어 버린 머리카락은 새치처럼 앞머리 한 가닥만 남기고 검은색으로 변했다. 눈과 입가의 주름도 사라졌으며 뺨에는 발그레한 생기가 돌았다.

"어라? 이 모습은……!"

"혼이 되면 자네가 가장 좋아하는 모습으로 변한다네."

어르신은 소녀 공덕에게 소라 껍데기로 만든 향초를 건넸다.
푸른색 소라 껍데기의 노란 촛불에서 은은한 유채 향이 났다.

"이 소라 향초가 자네 목숨일세. 딱 사흘이야! 초가 다 타기
전에 돌아오게!"

"고맙습니다, 어르신! 고맙습니다!"

소녀 공덕은 소라 향초를 들고 밖으로 달려 나갔다.

어르신은 소녀 공덕의 뒷모습을 걱정스러운 눈으로 바라보
았다.

"부디 조심히 다녀오게…….."

 저승행 여객선

쪽빛 하늘에 아침 해가 밝아 오고 있었다.

소녀 공덕은 어르신 집에서 나와 낮은 돌담이 쌓인 올레를 달렸다. 올레는 집과 큰길 사이의 골목 같은 작은 길을 말했다. 소녀 공덕은 구불구불 좁은 올레를 지나 돌담길 사거리에서 발을 멈췄다.

"잠깐! 저승이 어딘지 모르는데? 어떡하지?"

소녀 공덕은 두리번거리다 맞은편에서 걸어오는 이들과 부딪혀 넘어졌다. 넘어진 소녀 공덕의 시야에 방금 부딪힌 이들의 뒷모습이 보였다. 그들은 꼬리가 달렸거나 발도 없이 둥둥 떠다녔다.

"헉! 귀, 귀신?"

"거, 괜찮소?"

박새가 날아와 얼이 빠진 소녀 공덕에게 까만 날개를 손처럼 내밀었다. 갓을 쓴 박새는 선비 옷을 입고 곰방대를 입에 물고 있었다. 박새 옆에는 각이 진 전모(기생들이 쓰는 모자)를 쓴 고양이가 아씨처럼 차려입고 두 발로 서 있었다.

"고, 고맙소……."

뭐가 뭔지 혼란스러웠다. 소녀 공덕은 박새 선비의 날개를 잡고 일어났다. 주변을 둘러보자 돌담길 사방에서 귀신들이 몰려오고 있었다. 사람 혼과 생물의 혼이 뒤섞여 어딘가 급히 가는 중이었다. 소녀 공덕은 놀라 입을 다물 줄 몰랐다.

고양이 아씨가 앞발로 고양이 세수를 하며 말했다.

"입에 파리 들어가겠소, 호호. 신입 귀신인가 보오? 이리 놀라는 걸 보니."

"그, 그렇소만. 혹시 저승으로 가려면 어찌해야 하는지 아시오?"

소녀 공덕이 물었다.

박새가 곰방대를 후 불어 연기를 뿜었다. 하얀 곰방대의 연기가 모락모락 나루터 모양으로 변했다.

"연꽃 나루터에서 저승행 여객선을 타야 한다네."

뿌우- 뿌우우- 멀리서 뱃고동이 들려왔다.

"늦겠어!"

"서두르세!"

걸어가던 혼들이 바다 쪽으로 달리기 시작했다.

어? 어? 달리는 귀신들에 부딪혀 소녀 공덕의 몸이 이리저리
치였다.

"곧 출발한다는 뱃고동이어요! 서두르셔요!"

고양이 아씨가 알려 주었다. 박새 선비는 갓을 숙여 소녀 공
덕에게 인사한 뒤 훌쩍 날아올랐다. 고양이 아씨가 박새의 발을
잡자, 박새가 고양이 아씨를 데리고 바다로 날아갔다.

"고맙수다!"

소녀 공덕은 날아가는 그들의 뒤에 대고 소리쳤다. 소녀 공
덕도 혼들과 섞여 바다로 내달렸다.

다다른 곳은 물안개가 자욱한 연꽃 나루터였다.

하얀색 분홍색 파란색 등 다양한 색의 연꽃과 초록색 싱그러
운 연잎이 바다에 한가득 피어 있었다. 커다란 연잎을 징검다리

삼아 달리면 앞에는 거대한 거북이 여객선이 정박해 있었다. 거북이 여객선은 진짜 살아 있는 거북이였는데, 벌리고 있는 커다란 입이 여객선으로 통하는 입구였다. 입구로 들어가면 선실이 있었고 거북이 등껍질엔 여러 개의 창문이 나 있었다.

"옳거니! 저게 저승행 여객선이구나!"

여객선은 이미 만선이었다. 귀신들은 여객선에 타려고 다투다가 바다에 빠지기도 했다. 소녀 공덕도 여객선으로 달려가다 옆에서 굴러오는 무언가와 부딪혔다. 데굴데굴 소녀 공덕의 몸이 저만치 굴러갔다.

"아고고, 뭐랑 부딪힌 거야?"

소녀 공덕이 허리를 짚으며 일어났다.

빠아앙- 마지막 뱃고동이 울렸다. 거북이 여객선이 바다에 하얀 포말을 일으키며 출발하고 있었다.

"여보오! 기다리시오!" 당황한 소녀 공덕 옆으로, "놓치면 안 돼!" 누군가의 목소리가 끼어들었다.

미소녀 돗가비(도깨비의 옛말), 가비였다.

"다음 배는 달포(한 달) 뒤에 있단 말이야!"

소녀 공덕은 사색이 되었다.

"다, 달포?"

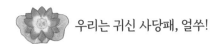 우리는 귀신 사당패, 얼쑤!

"가비, 네가 늦어서 놓친 거잖아."

"뭐래? 다리 꼬여서 넘어진 게 누군데?"

소녀 공덕과 부딪혀 넘어진 귀신들이 싸웠다. 팔다리가 길고 자수정 흑애체(조선시대의 선글라스)를 낀 미남 귀신 '팔척이', 이마에 작은 뿔이 있는 미소녀 돗가비 '가비', 눈, 코, 입이 없는 달걀 얼굴에 꼬리를 가진 귀여운 달걀귀신 '계란이'였다.

"다리가 팔척이나 되는 걸 어떡하라고? 팔다리가 길고 머리는 조막만 하게 타고난 것을!"

미남 귀신이 잘난 척을 하며 흑애체를 고쳐 썼다.

"이름만 팔척이지 몸은 팔척 아니거든? 그냥 팔등신이면서!"

돗가비가 비아냥댔다.

"팔등신도 좋은 거야. 가비, 넌 오등신이잖아"

"계란이 서운하게 비율 따지지 말자고 했지? 우리 계란인 이등신이란 말이야."

그 말에 계란이가 시무룩해서 고개를 떨궜다.

옆에서 듣고 있던 소녀 공덕이 끼어들어 물었다.

"잠깐! 잠깐! 방금 달포라고 했소?"

"그렇소. 저승 가는 여객선은 달포에 한 번씩만 있다오."

팔척이가 답했다.

"안 돼! 사흘밖에 시간이 없는데!"

소녀 공덕은 눈앞이 캄캄했다. 이대로 포기할 순 없었다. 소녀 공덕은 멀어지는 여객선을 향해 힘껏 도움닫기를 했다. 옆에서 정신 놓고 싸우던 세 귀신도 소녀 공덕을 따라 뛰었다. 소녀 공덕과 귀신들은 간신히 거북이 꼬리에 매달렸다. 거친 파도에 꼬리가 들썩일 때마다 소녀 공덕과 귀신들은 이리저리 휘청이며 나부꼈다. 물이 닿을 때마다 계란이의 달걀 얼굴이 퍼렇게 질려 갔다.

"악! 돗가비 살려!"

"이러다 날아가겠어!"

팔척이도 강풍에 몸이 종잇장처럼 펄럭였다. 소녀 공덕은 둘러보다가 가장 가까운 창문을 발견했다.

"저기다!"

소녀 공덕은 거북이 여객선의 등껍질을 암벽 등반하듯 게걸음으로 건너갔다. 영차영차 등껍질을 건너가 창문을 열고 들어갔다. 귀신들도 소녀 공덕을 따라 창문으로 갔다. 계란이가 먼저 창문으로 들어가려고 몸을 집어넣었다. 계란이의 큰 얼굴이 창문에 끼자 가비가 뒤에서 힘껏 밀며 외쳤다.

"계란이 얼굴이 꽉 꼈어! 밀어 봐!"

끙차! 팔척이까지 가세해 밀자 얼굴이 빠진 계란이가 여객선 안으로 통통통 굴러갔다. 굴러들어온 계란이는 벽에 부딪혀 껍질에 퍽, 금이 갔다. 이마 부근의 깨진 껍질에서 피처럼 노른자가 흘러내렸다.

"헉! 괜찮소?"

소녀 공덕이 옷을 찢어 계란이의 머리에 붕대처럼 감아 주었다. 계란이는 고마운지 볼이 빨개진 채(눈, 코, 입이 없어 볼이 어딘시 알 수 없었지만) 고개를

끄덕였다.

곧 가비와 팔척이도 창문을 넘어 선실로 들어왔다. 넓은 선실은 앉을 틈도 없이 귀신들로 꽉 차 있었다. 가비가 긴 한삼 자락을 펄럭이며 뾰족한 목소리로 말했다.

"어이, 거기 허름한 옷! 그쪽 땜에 여객선 놓칠 뻔했잖아!"

"허름? 누구?" 소녀 공덕은 두리번거리다 "설마 나?" 하고 물었다.

"그래! 허름한 옷이 거기밖에 더 있어?"

가비가 한삼 자락을 팔처럼 꼬며 비아냥댔다.

소녀 공덕도 질세라 소매를 걷어붙이며 대꾸했다.

"허! 딱 봐도 어려 보이는 게, 어디서 반말이야?"

"딱 봐도 촌스러운 게, 죽은 지 얼마나 됐어? 저승 신입이지? 어디 저승 선배한테 말대꾸야?"

"야! 너 일루 와 봐!"

"싫어! 메~롱!"

소녀 공덕과 가비가 유치하게 싸우자 팔척이가 중간에 서서 긴 팔로 둘을 멀찍이 떨어트렸다.

"자, 자, 그만해. 여객선 탔으니까 됐잖아."

팔척이는 소녀 공덕을 보며 웃었다. 근사한 미소에 소녀 공덕은 심장이 콩닥콩닥 뛰었다.

'다 늙어서 무슨 주책이람. 지금은 바리만 생각해야 해. 정신 차리자.'

소녀 공덕은 생각했다.

"인사부터 하자. 난 팔척이야. 얜 가비, 얜 계란이."

팔척이가 한 명씩 가리키며 소개했다.

"우리는~"하고 팔척이가 선창을 하자, 가비가 상모를 돌리고 계란이가 공중제비를 넘었다. 팔척이가 공중제비를 돌며 날아오는 계란이를 받아 멋진 동작을 취하려 했으나 상모를 돌리던 가비와 부딪혔다. 우당탕 넘어진 팔척이와 가비의 품에 계란이가 얼결에 폭 떨어졌다. 귀신 사당패는 엉켜 넘어진 채 두 팔을 벌리며 외쳤다.

"귀신 사당패! 얼쑤~!"

"허…….."

소녀 공덕은 귀신 사당패의 묘기를 한심한 눈으로 보았다. 싸늘한 소녀 공덕의 반응에 귀신 사당패는 멋쩍어하며 취하고 있던 동작을 풀었다.

"우린 마당놀이를 하러 저승 바다에 가는 길이야. 너는?"

팔척이가 머리를 긁으며 물었다.

"아, 난 해녀 공더⋯⋯."

팔척이가 긴 팔을 뻗어 소녀 공덕의 입을 막았다.

"잠깐! 전생에 누구였는지 밝히면 저승에 못 들어가. 저승 바다의 신 동수자가 만든 금기거든."

"뭐? 큰일 날 뻔했수다!"

소녀 공덕이 사색이 되어 말했다.

가비가 코웃음 치며 또 비아냥댔다.

"참 나 그것도 모르면서 어딜 간다고. 허름이답네."

"이게 진짜! 야, 내가 왕년에는 제주 바당에서 알아주는 칠공주, 칠해녀파였어!"

소녀 공덕과 가비가 또 으르렁대자 팔척이가 워워~ 말렸다. 팔척이가 보기에 둘은 붙어 있기만 하면 싸우려 하니 이런 상극이 따로 없었다. 소녀 공덕이 팔을 홱 꼬며 씩씩댈 때 목에 건 조개 목걸이가 반짝였다.

"어? 이 목걸이⋯⋯?"

가비가 조개 목걸이를 보고 한동안 놀란 표정을 지었다.

"이게 왜?"

"⋯⋯바리가 하던 거 아냐?"

가비가 묻자, 소녀 공덕이 눈을 크게 뜨고 물었다.

"우리 바리를 알아?"

"당연하지. 바리랑 자주 이야기했거든. 제주에서 우릴 볼 수 있는 사람은 바리밖에 없었으니까."

"아! 너희들이 바리가 말하던 물혼이구나! 에, 난 그러니까 바리를 키운 할망……의 심부름꾼 공, 콩떡이야!"

"콩떡?" 가비가 눈썹 하나를 치켜올리며 소녀 공덕을 의심스럽게 쳐다봤다.

"허, 별 희한한 이름도 다 있네. 이왕이면 오메기떡이 좋은데."

팔척이가 뜬금없이 말하자 옆에서 계란이가 고개를 끄덕였다.

"난 할망이 바리를 찾아와 달래서 대신 가는 거야. 그러니 바리 찾는 것 좀 도와줘."

소녀 공덕이 말했다.

가비가 손을 흔들며 고개를 저으며 말했다.

"이거 왜 이래? 우린 초초초초! 일류 사당패야. 격 떨어지게 허름이랑은 못 다니…"

그때 소녀 공덕의 해진 봇짐이 터지며 샤넬 꽃신, 루이비통 복주머니, 구찌 가락지가 투둑 떨어졌다. 진귀한 명품을 본 가비의 눈동자가 거세게 흔들렸다

"…지 않아. 바리는 우리 친구니까 도와줘야지! 대신 이건 사

례비로 미리 챙길게. 저승은 뭐든지 선불이거든!"

가비는 있지도 않은 저승 규칙을 핑계 대며 용궁의 명품을 긴 한삼 자락 안에 넣었다.

"허, 참……."

소녀 공덕은 기가 찼다.

가비는 구찌 가락지를 손가락마다 끼워 보며 말했다.

"근데 그 할망 진짜 답답하더라. 나였으면 백 번은 더 가출했어."

"뭐어? 네가 바리 키워 봤어? 할망은 열심히 물질해서 가장 좋은 것만 입히려고 했는데 어? 그런 할망이 뭘 잘못했다고?"

"아니, 허구한 날 자기 말대로만 하라는데 답답해서 어떻게 살아? 댕기 하나 고르는 것도 맘대로 못하게 하잖아. 나였으면 백 번도 넘게 가출했을걸?"

한 번도 생각 못했던 말에 소녀 공덕은 할 말을 잃었다.

갑자기 *끼이익—* 여객선이 크게 기울었다.

"으아아아!"

배가 쏠리자 선실에 있던 귀신들이 휘청거렸다.

바다를 잘 헤엄쳐 가던 거북이 여객선이 제자리를 돌기 시작했다. 여객선 안에서 이리 기우뚱 저리 기우뚱하며 귀신들이 엉켜 넘어졌다. 소녀 공덕과 귀신 사당패도 균형을 잡지 못하고 휩쓸려 쓰러졌다. 휘청대는 귀신들 사이로 계란이는 이리저리 굴러다녔다. 우욱- 멀미가 올라와 계란이의 얼굴이 더욱 퍼렇게 되었다.

"배가 왜 이러는 게야?"

소녀 공덕이 놀라서 물었다.

"거북이가 무서워하는 거야."

팔척이가 창밖을 보며 말했다.

"가까워졌거든. 저승 바다가……."

소녀 공덕은 팔척이를 따라 창밖을 봤다. 저 앞에 층층이 낀 안개가 보였는데 마치 바다에 반투명한 무명천을 여러 겹 쳐 놓은 것 같았다. 한 치 앞도 보이지 않는 바다를 거북이 여객선이 천천히 헤치고 나아갔다. 안개 속으로 한 겹씩 들어가자 어두운 바다 밑에서 불빛이 새어 나왔다. 여객선이 향하는 바다 밑에 신비로운 가옥이 희미하게 보였다.

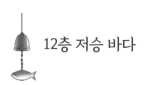

12층 저승 바다

거북이 여객선은 저승 선착장에 정박했다. 여객선이 아- 하고 커다란 입을 벌리자 거북이 입으로 선실에 있던 귀신들이 쏟아져 나왔다. 소녀 공덕과 귀신 사당패도 한데 섞여 밖으로 나왔다. 소녀 공덕은 귀신 사당패 몰래 품에서 소라 향초를 꺼냈다. 소라 향초가 빠르게 타들어 가고 있었다.

"빨리 바리를 찾아야 해!"

소녀 공덕은 향초를 옷 속에 숨겼다.

선착장에 내리니 투명한 바닷물 아래로 'ㅁ'자 구조로 된 커다란 가옥이 보였다.

"저승 바다에 온 걸 환영해!"

가비가 말했다.

둥-. 화려한 색의 산호초 꽃가마가 바다 위로 떠올랐다.

"이게 뭐야?"

소녀 공덕이 물었다.

"저승 바다로 내려가는 산호초 꽃가마야."

가비가 꽃가마 처마에 달린 '문 열림' 풍경을 흔들었다. 그러자 꽃가마의 닫힌 문이 위로 접혀 올라갔다. 가마 안은 귀신 여럿이 탈 수 있을 정도로 널찍했다. 뼈가 시리도록 서늘한 바람이 불어왔다. 바람에서 죽음과 공포의 냄새가 났다. 소녀 공덕은 다리가 달달 떨리고 온몸에 오소소 소름이 돋았다.

'이곳이 저승 바당이구나. 무서운 게 득실득실 얼마나 많을꼬······.'

소녀 공덕이 망설이는 사이 귀신 사당패가 먼저 가마에 탔다.

"빨리 안 타고 뭐 해? 설마 겁먹은 거 아니지?"

가비가 얼어붙은 소녀 공덕을 보고 약을 올리듯 물었다.

"거, 겁먹긴 무슨!"

소녀 공덕은 일부러 큰 소리를 치며 산호초 꽃가마에 올라탔다.

'약해지면 안 돼. 내가 겁먹을 정도니 우리 바리는 오죽 무서울까. 정신 똑바로 차리자!'

소녀 공덕은 두 주먹을 꼭 쥐며 다짐했다.

가비가 꽃가마의 천장에 달린 열한 개의 풍경 중 하나를 짤랑 소리가 나게 흔들었다. 공덕은 글을 읽을 줄 몰라 풍경에 무어라 쓰였는지 알지 못했다. 열한 개의 풍경마다 붓으로 '일'부터 '십일'까지 쓰여 있었다. 가비가 흔든 풍경은 '일'이라 쓰인 것이었다. 문이 닫히고 산호초 꽃가마가 풍덩 저승 바다로 내려갔다.

소녀 공덕은 흡- 하고 숨을 참았다. 옆에서 보던 귀신 사당패가 깔깔 웃었다.

"숨 안 참고 뭐 해?"

말하던 소녀 공덕의 눈이 커졌다.

"어? 숨이 쉬어지네?"

분명 바다 안인데 숨을 쉴 수 있다니 신기했다. 게다가 말할 때마다 입에서 공기 방울이 뽀글뽀글 나왔다. 소녀 공덕은 입을 벌려 바닷물을 맛봤다.

"바닷물이 하나도 안 짜. 어떻게 된 거지?"

"여긴 저승 바다잖아. 우린 이미 죽은 혼인데 바닷물 먹고 또 죽겠어? 촌스럽긴."

가비가 알려 줬다.

소녀 공덕은 "아하!" 하다가 "뭐? 촌스러?" 하고 가비를 노려봤다.

"메~롱!"

"어휴, 저걸 진짜! 누구 딸인지 몰라도 저 돗가비 어멍은 아주 고생했겠구먼."

소녀 공덕은 머리가 지끈거린다는 듯 이마를 짚으며 말했다. 위이잉- 꽃가마가 천천히 저승 가옥으로 내려갔다. 소녀 공덕은 가마의 창을 열어 밖을 내다봤다.

저승 바다는 'ㅁ'자 모양의 12층짜리 한옥으로 제주도만큼 컸다. 가운데 뚫린 'ㅁ'자 공간에는 긴 해초가 있었는데, 산호초 꽃가마가 엘리베이터처럼 해초를 오르내리며 귀신들을 실어 날랐다. 가옥의 층마다 아름다운 옥색 기와와 단청색 처마가 있었다. 처마 밑에는 화려한 등불과 풍경이 달려 있어 파도가 칠 때마다 풍경이 흔들리며 화음 같은 소리를 내었다. 저승 바다는 아름다웠으나 가옥을 감싸고 어른거리는 검은 안개가 음산한 분위기를 주었다.

팔척이도 창밖을 보며 말했다.

"이곳 저승은 12층짜리 바다야. 이승과는 모든 게 반대지. 이승에선 꼭대기가 12층이고 가장 밑이 1층이겠지만, 저승 바다에선 제일 위가 1층, 그 밑이 2층, 3층⋯⋯ 제일 밑바닥에 있는 층이 12층이야."

저승 가옥을 한 층씩 내려갈 때마다 바다색이 물과 기름처럼 달라졌다. 저승 바닷물은 제비꽃색, 자색, 옥색, 치자색, 홍색 등으로 층층이 물들인 비단 같았다.

"층마다 바당 색이 전부 다르구나. 예쁘다⋯⋯."

"그래 봤자 여긴 저승이야! 무서운 귀신들이 잔뜩 있으니까 조심하라고."

가비가 겁먹은 표정으로 말했다. 이 되바라진 돗가비가 겁먹을 정도면 보통이 아니겠다 싶어 소녀 공덕은 침을 꿀꺽 삼켰다.

산호초 꽃가마가 12층 바다의 입구를 지나 첫 번째 층에 멈췄다. 가비가 '문 열림' 풍경을 흔들어 가마 문을 열었다. 가마 문이 열리자마자 기름지고 맛있는 냄새가 들어왔다. 귀신 사당패를 따라 꽃가마에서 내리자 먹자골목처럼 다닥다닥 붙어 있는 주막들이 나왔다. 귀신들이 주막에 앉아 하하하 떠들며 음주

가무를 즐기고 있었다.

"1층 주막 바다야. 촌티 내느라 길 잃어버리지 말고 잘 따라와."

가비가 말했다.

주막마다 먹음직한 음식이 상다리가 부러지도록 한가득 쌓여 있었다. 김이 무럭무럭 나는 뽀얀 국물에 포동포동 살이 오른 닭 한 마리가 들어 있는 백숙부터 갓 잡은 싱싱하고 두툼한 생선회, 고운 색을 자랑하는 삼색 쑥떡, 며칠은 고아서 우린 국물에 야들야들하고 쫄깃한 돼지고기를 담은 국밥까지 산해진미가 다 모여 있었다.

"와……. 이게 꿈이야 생시야?"

보리 쭉정이만 먹었던 소녀 공덕은 평생 본 적 없는 맛깔스러운 음식에 침이 절로 침이 고였다.

"저승 바다의 음식은 이승과 달라. 맛과 모양새는 이승과 똑같지만 어떤 생명도 해치지 않고 만드는 귀신 음식이지. 한마디로 가짜 음식이란 뜻이야. 하지만 맛은 이승의 어떤 음식보다 최고라고!"

팔척이가 말했다.

"어라? 이 냄새는……!"

가비와 계란이가 앞에 보이는 주막으로 달려갔다. 주막에는 생선이 줄줄이 걸린 동아줄이 걸려 있었다. 계란이가 가르릉 가르릉- 이상한 소리를 냈다. 볼이 빨개진 걸 보니 생선을 좋아하는 모양이었다.

"계란이가 배고팠나 봐. 여기서 끼니를 해결하자."

팔척이 말에 가비와 계란이는 정자에 올라가 앉았다. 소녀 공덕도 따라 앉았다. 가비가 손을 들며 외쳤다.

"주모!"

앞치마를 두른 오징어 주모 귀신이 다가왔다.

"여기 얼음을 동동 띄운 가비(조선시대의 커피) 한 잔이랑 백숙이랑 통닭 구이랑…"

"난 전복!" 팔척이가 말했다.

가비는 "그럼 다시! 얼음 띄운 가비랑 백숙이랑 통닭 구이랑 전복이랑…" 하다가 구찌 가락지를 탁 내려놓으며, "에잇! 그냥 여기 있는 음식 싹~ 다~ 내오슈!" 라고 말했다.

"예~이! 바로 대령하겠소!"

오징어 주모 귀신이 신명 난 목소리로 답했다.

주모 귀신은 열 개의 오징어 다리를 분주히 놀려 음식을 만들었다. 첫 번째 다리로 파를 송송 썰고, 두 번째 다리로 계란을 가마솥 뚜껑에 탁 깨트렸고, 세 번째 다리로 아궁이 불이 꺼진

걸 확인한 다음, 네 번째 다리로 아궁이 옆 땔감 통로의 문을 열었다. 땔감 통로는 저승 바다 전체를 잇는, 세로로 세워진 긴 쇠 파이프로 각 바다의 아궁이와 이어져 있었다.

주모 귀신은 다섯 번째 오징어 다리로 땔감 통로 안에 걸린 열 개의 동아줄 중 하나를 잡아당겼다. 그러자 땔감 통로에서 동아줄에 매달린 숯 바구니가 올라왔다. 주모 귀신은 여섯 번째 다리로 바구니의 숯을 집어 아궁이에 넣고 불을 지폈다. 화르륵, 불이 치솟자 주모 귀신은 나머지 다리들로 순식간에 요리를 완성했다.

오징어 주모 귀신이 상다리가 부러질 정도로 푸짐한 한 상을 내왔다. 물질해서 번 돈으론 평생 구경도 할 수 없는 밥상이었다. 귀신 사당패가 팔을 걷어붙이고 밥상에 달려들려 하자, 소녀 공덕이 기가 찬 얼굴로 말했다.

"아니, 우리 바리가 어디서 무슨 고생을 하고 있을지 모르는데 밥이라니? 정신이 있는 거야, 없는 거야?"

"먹고 죽은 귀신이 때깔도 곱다는 말 못 들어 봤어?"

가비가 까칠하게 말했다. 가비는 먹을 것을 앞에 두고 못 먹게 하는 걸 가장 싫어했다.

"너흰 이미 죽었잖아."

소녀 공덕이 피식 비웃었다.

"어허! 뭘 모르는 소리! 자네, 저승 바다가 어떤 곳인지 알고 있나?"

팔척이가 말했다.

소녀 공덕은 고개를 도리도리 저었다.

"무작정 찾아다닌다고 찾을 수 있는 곳이 아니야. 자, 자, 여기 앉아서 밥부터 한 술 떠 봐. 저승 이야기는 내가 밥을 먹고 알려 줄 터이니."

팔척이가 달래며 긴 팔로 소녀 공덕을 데리고 왔다. 소녀 공덕은 못마땅한 표정으로 밥상 앞에 앉았다.

"잘 먹겠수다!"

귀신 사당패가 외치고는 맹렬하게 음식을 먹어 젖혔다. 가비와 팔척이는 서로 먼저 먹겠다고 밀치며 젓가락을 뻗었다. 먹을 때만큼은 민둥민둥한 계란이 얼굴에 입이 생겼다. 작은 몸집에 비해 식성이 엄청난 계란이는 큼직한 생선을 한입에 넣었다가 바로 뼈로 내뱉어 소녀 공덕을 놀라게 했다. 밀치고 싸우며 먹어 치우는 귀신 사당패 사이에서 소녀 공덕만 홀로 침울했다. 이 맛난 걸 바리도 먹으면 좋았을 텐데 생각하니 마음이 무거웠다.

겉모습은 소녀로 변했지만 마음은 여전히 자식 걱정뿐이었다. 가비가 왜 이리 청승을 떠느냐는 표정으로 소녀 공덕에게 닭 다리를 떼어 줬다.

"빨리 먹어! 지금 안 먹으면 나중엔 없어!"

"그래. 배가 차야 힘내서 바리도 찾지."

팔척이도 거들었다. 코앞에 기름이 좔좔 흐르는 큼직한 닭 다리가 놓이자 소녀 공덕의 배에서 꼬르륵 꼬륵 요동치는 소리가 났다.

"그럼, 어디 한 입만……."

소녀 공덕은 가비가 준 닭 다리를 받아 크게 한 입 뜯었다. 입 안에 육즙이 가득 차고 고소한 닭살이 씹혔다. 눈이 번뜩 뜨이는 황홀한 맛이었다. 이 순간만큼은 저승이 아니라 천국이었다.

대역죄인

얼마 못 가 음식이 가득했던 상은 초토화되어 뼈와 빈 접시만 남았다. 어찌나 먹었는지 소녀 공덕의 배가 물적삼 아래로 볼록 튀어나왔다. 가비가 얼음을 띄운 시꺼먼 가비를 마시며 입가심을 했다. 소녀 공덕은 호기심에 한 모금 마셨다가 퉤 뱉었다.

"으- 사약 같은 걸 왜 마시는 게야? 이 쌀쌀한 날씨에 얼음까지 띄워서?"

"가비가 얼마나 맛있는데. '얼죽가'도 몰라? '얼'어 '죽'어도 얼음 '가'비 파! 얼죽가! 몰라? 뭐, 이미 죽었지만."

가비가 얼음을 와그작 깨 먹으며 말했다.

"그나저나 저승이래서 무서운 곳일 줄 알았는데, 생각보다 살 만하구나."

"어이, 허름이, 정신 차려! 그래 봤자 여긴 무시무시한 저승이라고!"

"자, 자, 그만들 싸워. 배도 찼겠다 기분도 좋겠다 저승 이야기로 한 곡조 뽑아 볼까!"

팔척이는 갓을 바로 쓰고 흠흠 목을 가다듬었다. 아르르르- 혀 푸는 운동까지 마친 팔척이는 부채를 좌악 펼치며 노래를 시작했다.

저승 바다가 왜 12층으로 되어 있는지 아시는가?

이승에서 먹고사느라 못다 이룬 꿈을

죽어서라도 원 없이 누리라고

열두 개의 바다로 되어 있다네.

그래서 12층이 죄다 다른 모습을 하고 있지.

팔척이의 노래에 소녀 공덕은 저승 가옥의 'ㅁ'자 난간 아래를 내려다봤다. 이불이 잔뜩 깔린 여관 층도 있었고, 씨름과 윷놀이 등 놀이를 하는 층, 서책과 병풍 그리고 붓이 있는 서당 층, 한 층 전체가 분홍색과 흰색 갈대밭인 층도 있었다. 층마다 독특한 모습을 취한 것이 12층 저승 바다 전체가 제주의 오일장 같았다. 팔척이의 노래에 주막 바다에 있던 귀신들이 사당패의 공연을 보려고 모여들었다. 귀신들은 "얼쑤!"를 따라 하며 사당패의 공연을 즐겼다.

12층 저승 바다 입구를 지나

내려가면 맨 먼저 나오는 것이

여기 1층 주막 바다!

먼 길 오느라 허기진 귀신들에게

든든하고 맛있는 음식을 해 준다네.

솜씨 좋은 주모가 순식간에 대령하는

저승의 최고급 일품요리라네.

2층은 이불 바다! 얼쑤!

저승보다 저승 같은 이승에서 왔으니

편히 쉬다 가라고 지어진 곳이지.

온돌에 누워 뜨끈뜨끈 등을 지지면

몸이 노곤노곤 풀어지고 단잠이 솔솔솔솔 내린다네.

3층은 풍류 바다!

우리처럼 멋과 풍류를 아는

예술가 귀신들이 모여 서로의 재주를 뽐낸다네.

마당놀이와 인형극, 그네뛰기까지 실컷 즐기고 가세!

4층은 서당 바다!

대체 저승에 이런 곳이 왜 있는지 알 수 없네만

간혹 양반들이

죽어서까지 글공부를 하려고 들어 만들어졌다지?

팔척이의 노래에 맞춰 가비가 꽹과리를 치며 상모를 돌렸다. 상모에 달린 하얀색 긴 천이 뱅글뱅글 골뱅이 모양을 그리며 춤을 추었다. 계란이도 공중제비로 흥을 돋웠으나 가비의 상모 줄에 걸려 우당탕 넘어졌다. 구경하던 귀신들은 박수를 치며 하하하 웃었다.

5층 갈대 바다는

갈대로 바다를 이루어

저승 귀신들이 정분나기로 유명하다네.

총각 귀신, 처녀 귀신에게 특히 인기가 많다던데

어디 나도 한번 가 볼까나?

　　계란이를 바닥에 내려놓은 팔척이는 흑애체를 슬쩍 내리고 소녀 공덕에게 넌지시 눈길을 던졌다. 소녀 공덕은 얼굴이 새빨개져서 "큼큼, 그럼 6층 바다는?" 하고 말을 돌렸다.

아이고 6층 바다는 말도 마소! 거긴 절대 가면 안 돼!

6층은 저승 바다의 서열 2등 마고 선비가 장악하고 있거든!

그렇다면 서열 1등은 누구인고?

팔척이가 펼쳤던 부채를 모아서 입에 갖다 대며 쉿! 하고 노
래를 멈췄다.

"혹시 동수자? 그게 누군데?"

소녀 공덕이 묻자 귀신들의 얼굴이 공포에 질려 새파래졌다.
팔척이가 속삭이듯 낮은 목소리로 노래했다.

쉿! 동수자를 알려고 해선 안 돼!

그를 본 귀신은 아무도 없거든.

원래 저승 바다는 지금보다 훨씬 멋진 곳이었다네.

저승의 주인은 우리 같은 소소한 귀신들이었지.

죽고 나니 욕심부릴 것 없이 사이좋게 지내었거든.

어느 날 쿠르릉!

지진처럼 저승 바다가 크게 요동을 치던 밤!

동수자가 나타났지.

거친 파도가 일며 시커먼 안개가 몰려와

저승 바다를 감쌌다네!

동수자는 신비한 해골꽃의 힘으로

저승 바다를 장악하고 귀신들을 괴롭혔지.

이승 바다의 용왕님에게 무슨 일이 있었는지

용왕님도 동수자를 막지 못했네.

해골꽃을 빼앗으려던 귀신들은

전부 혼이 소멸되어 영영 사라졌다네.

"잠깐! 혼이 소멸된다고?"

소녀 공덕이 팔척이의 노래를 끊으며 소리쳤다.

"해골꽃을 그렇게 위험한 놈이 가지고 있었단 말이야?"

감히 동수자님을 '놈'이라 하다니 귀신들은 뜨악한 얼굴로 소녀 공덕을 봤다. 흥분한 소녀 공덕은 그들의 눈빛을 아는지 모르는지 큰 소리로 말했다.

"아니, 용왕 이 여자 진짜 웃기는 여자네! 그렇게 위험한 일을 우리 바리한테 시켰단 말이야? 당장 바리를 찾아야겠어!"

"히이익!"

어째서인지 그 말을 들은 귀신들의 얼굴이 퍼렇게 질렸다. 오징어 주모 귀신도 식혜가 담긴 호리병을 내오다 쨍그랑 떨어트렸다. 주모 귀신은 사색이 되어 물었다.

"방금……, 바, 바리라고 했소?"

"그렇수다! 우리 바리를 아시오? 나를 닮아 아주 예쁘고 총명하……."

말이 끝나기도 전에 주모 귀신이 다리를 뻗어 벽에 달린 징을 힘껏 쳤다.

징- 징- 징징- 시끄러운 소리가 울려 퍼지자 주막 바다의 귀신들은 일사불란하게 주막 뒤에 숨었다. 주모 귀신도 구석에 몸을 숨겼다.

"아니, 왜들 이러시오?"

소녀 공덕은 영문을 몰라 두리번거렸다.

검은 갓을 쓰고 검은 한복을 입은 토종개 부대가 천장에서 줄을 타고 내려왔다. 주막의 창호지 문을 부수고 아래층에서 난간을 기어오르며 나타난 토종개들은 개 코를 벌름거리며 매섭게 주변을 봤다. 가장 덩치가 큰 하얀색 풍산개가 앞으로 나섰다. 풍산개의 오른쪽 뺨에는 기다란 흉터가 눈을 가로질러 뺨까지 그어져 있었다. 그는 매서운 눈으로 주막 바다를 훑으며 외쳤다.

"대역 죄인 바리를 찾는 자가 누구냐!"

풍산개 대장의 목소리는 낮고 굵었는데 동굴처럼 울림이 있어 듣기만 해도 오금이 저렸다. 숨어 있던 주모가 긴 다리를 뻗어 소녀 공덕을 가리켰다.

　"저들이오! 바리와 한패라고 했소!"

　"당장 놈들을 잡아라!"

　풍산개가 날렵한 앞발로 긴 칼을 뽑으며 명했다.

저승사자 등장!

토종개 부하들이 소녀 공덕과 귀신 사당패를 잽싸게 에워 쌌다.

"뭐, 뭐야? 이 개들은?" 소녀 공덕이 묻자, "저승사자들이야!" 가비가 답했다.

대장의 명령에 저승사자들이 일제히 공격을 시작했다. 왼 쪽에선 누렁이 저승사자가 소녀 공덕에게 칼을 겨누고 달려왔 고 오른쪽에선 바둑이 저승사자는 뾰족한 불가사리 표창을 날 렸다.

"악!"

계란이가 몸을 굴려 소녀 공덕과 가비, 팔척이를 정자 밑으로 밀어 넣었다. 저승사자를 피해 소녀 공덕과 귀신 사당패가 정자 밑으로 굴러갔다. 파바박─ 소녀 공덕이 서 있던 자리에 불가사리 표창이 날아와 꽂혔다. 한 발만 늦었으면 표창 받이가 됐을 터였다.

바닥에 엎드린 채 소녀 공덕이 물었다.

"바리가 대역죄인이라니? 무슨 소리야?"

"내가 어떻게 알아?"

가비가 짜증내며 말했다.

소녀 공덕은 한쪽 벽에 붙어 있던 바리의 용모파기(조선 시대 현상 수배 포스터)를 발견했다.

"저기 우리 바리 그림이 붙어 있는데? 뭐라고 써 있는 게야?"

"힉! 바리가 해골꽃을 훔치려다 들켜서 쫓기고 있대! 아주 흉악한 도둑이라는데?"

팔척이가 답했다.

"뭐? 우리 바리가 도둑이라고?"

내가 저를 어떻게 키웠는데 여기서 도둑질이라니! 소녀 공덕은 기절할 것 같았다. 팔척이가 덜덜 떨며 용모파기의 나머지 글을 읽어 줬다.

"잡히면 극형에 처할 거래! '영혼 소멸! 환생 불가!' 라고 쓰여 있어!"

가비가 용감하게 일어나 외쳤다.

"저기요 저승사자님?! 저흰 바리를 전혀 모르는…."

파바박 표창이 날아왔다.

"꺅!"

팔척이가 팔을 뻗어 가비의 몸을 숙였다. 간발의 차로 불가사리 표창이 날아와 가비의 모양을 따라 박혔다. 때마침 딸랑 풍경 소리가 들리며 산호초 꽃가마가 도착했다. 소녀 공덕이 외쳤다.

"저기로 도망쳐!"

소녀 공덕과 귀신 사당패는 밥상을 방패처럼 뒤집어쓰고 문이 열린 꽃가마로 내달렸다. 소녀 공덕 일행은 막 열린 꽃가마에서 내리는 귀신들을 밀어내고 올라탔다. 귀신들과 부딪힌 가비의 한삼 자락에서 용궁의 명품 선물이 떨어졌다.

"안 돼!"

가비가 떨어진 용궁의 명품을 주우려 했으나 저승사자들이 바짝 쫓아오고 있었다.

"문! 문 닫아!"

소녀 공덕이 가비를 말리며 외쳤다.

풍산개 저승사자 대장이 검을 던지자 부하 저승사자들도 일제히 검과 창을 날렸다. 팔척이가 잽싸게 '문 닫힘' 풍경을 흔들었다. 간발의 차로 문이 닫혔다. 날아오던 검과 창들이 성게 가시처럼 꽃가마에 박혔다. 꽃가마는 창이 잔뜩 꽂힌 채 위이잉 내려갔다.

헉헉 소녀 공덕과 귀신 사당패는 가마 안에서 숨을 골랐다.

"저런 무시무시한 놈들이 우리 바리를 쫓다니!"

소녀 공덕이 말했다.

"우린 망했어! 망했다구! 저승사자들은 저승 이승을 통틀어 최고의 개코, 최고의 수사력을 가졌단 말이야!"

가비가 절망적으로 외쳤다.

소녀 공덕이 고개를 갸웃거렸다.

"그런데 정체를 숨겨야 저승에 올 수 있다더니, 저치들은 어떻게 바리 이름이랑 얼굴을 아는 거야? 바리는 모습도 안 바뀌고 원래 모습으로 온 거야?"

"바리는 살아 있는 사람이라서 그럴 거야."

팔척이가 답했다.

"아니, 근데 바리 얘는 생각이 있는 거야 없는 거야? 해골꽃이라니! 훔칠 거면 제대로나 하든가!"

가비가 짜증을 내자 소녀 공덕이 대꾸했다.

"우리 바리가 뭐 어때서? 니가 바리 키워 봤어?"

둘이 또 싸우려는데, 푹! 천장에서 칼이 들어왔다.

"악!"

1층 주막 바다에서 저승사자들이 가마 지붕으로 쿵쿵 뛰어내렸다. 풍산개 대장이 칼을 지붕에 꽂아 찢기 시작했다. 풍산개 대장이 '갈지(之)'자로 칼로 지붕을 그어 대자 가마 안의 소녀 공덕과 가비는 칼을 피해 '갈지(之)'자로 도망 다녔다. 지붕이 찢어져 너덜너덜해지자 풍산개 대장이 거꾸로 숙인 채 지붕에 난 구멍으로 고개를 내밀었다.

"잡았다 요놈들!"

풍산개 대장이 뭉툭한 앞발을 뻗어 가비의 상모 줄을 잡았다.

"으아아아!"

가비가 빙글빙글 돌며 풍산개 대장의 앞발에서 벗어나려 했지만 소용없었다.

소녀 공덕은 풍산개 대장의 갓끈이 이마 아래로 늘어지는 것을 보고 갓끈을 고무줄처럼 힘껏 잡아당겼다 놓았다. 갓끈이

'탱' 하고 탄력 있는 소리를 내며 풍산개 대장의 까만 코를 때렸다.

"아얏!"

풍산개 대장이 가비를 잡았던 앞발을 놓자 소녀 공덕이 가비를 제 뒤로 숨겼다. 구석에 있던 팔척이가 긴 팔을 뻗어 다급히 '문 열림' 풍경을 흔들었다. 덜컹− 가마가 급히 멈추며 문이 열렸다.

가마가 멈춘 곳은 대형 찜질방 같았다. 아궁이처럼 생긴 온돌방, 황토로 지어진 황토방, 얼음 바닥으로 된 얼음찜질방 등 다양한 찜질방이 있었다. 다닥다닥 붙어 있는 방에서 귀신들이 이불을 덮고 자거나 먹으로 그려진 만화책을 보며 쉬었다.

"여기는?" 소녀 공덕이 묻자, "2층 이불 바다야!" 가비가 말했다.

팔척이가 소녀 공덕과 가비, 계란이를 끌고 꽃가마 밖으로 내달렸다.

"게 섰거라!"

누렁이 저승사자가 가마 지붕에서 내려오며 외쳤다.

소녀 공덕이 두리번거리다 파도처럼 바닥에 너울너울 펼쳐진 이불을 보고 외쳤다.

"이불로 숨어!"

소녀 공덕이 앞에 있던 이불로 기어 들어가자 귀신 사당패도 이불로 흩어져 숨었다.

꽃가마와 가까운 곳에서 토끼 귀신은 수면 안대를 하고 잠을 청했다. 뜨뜻한 온돌바닥에 등을 지지자 물에 김 풀어지듯 몸이 노곤해지며 스르륵 잠이 몰려왔다. 막 잠이 들던 찰나 토끼 귀신은 발밑에서 서늘한 바람이 들어오며 무언가 스멀스멀 올라오는 것을 느꼈다. 무언가 이불에 들어온 것 같았다. 토끼 귀신은 커다란 앞니를 덜덜 떨며 이불을 들췄다. 이불 안에서 주온의 귀신처럼 창백한 손이 쑤욱 들어왔다.

"꺄악!"

토끼 귀신이 비명을 질렀다.

"미, 미안하오!"

소녀 공덕이었다.

소녀 공덕은 토끼 귀신에게 두 손을 모아 사과하며 옆에 있는 이불로 넘어갔다. 소녀 공덕이 이불 밑에서 이불 밑으로 옮겨 다닐 때마다 "악!" "악!" "악!" 귀신들의 비명이 이어졌다.

"미안하오! 미안하오!"

다음 이불로 들어간 소녀 공덕은 먼저 숨어 있던 처녀 귀신과 맞닥뜨렸다. 처녀 귀신은 창호지처럼 창백한 얼굴에 푸석푸석한 긴 머리를 늘어트리고 있었다.

"악!"

"꺅!"

소녀 공덕과 처녀 귀신은 서로의 모습에 놀라 비명을 질렀다. 처녀 귀신 뒤에서 히히힝- 소리를 내며 무언가 고개를 내밀었다.

"이 소린······."

소녀 공덕이 품에서 소라 향초를 꺼내 이불 안을 밝혔다.

"······몽생이?"

향초 불빛에 조랑말 몽생이 얼굴이 보였다. 처녀 귀신의 얼굴도 또렷이 보였다. 얼굴에 꼬질꼬질한 땟국물이 흐르고 눈 밑은 퀭했으며 볼은 쏙 들어가 해골이 따로 없었지만, 소녀 공덕은 처녀 귀신이 누군지 한눈에 알아볼 수 있었다.

"바리야!"

# 심부름꾼 콩떡

얼마나 고생했는지 바리의 얼굴은 누렇게 떠서 귀신보다 더 귀신 같은 꼴이었다. 그럼에도 소녀 공덕의 눈에 바리는 여전히 어여쁘고 여린 아기 같았다.

"바리야!"

소녀 공덕은 드디어 찾아냈다는 기쁨에 바리의 손을 덥석 잡았다.

"아악! 놔! 놔!"

바리가 손을 뿌리치려 하자 소녀 공덕이 말했다.

"나야 나! 할망…이 보낸 심부름꾼 공, 아니, 콩떡이야!"

"······진짜? 할망이 보냈어?"

"그럼! 이 조개 목걸이가 할망이 보낸 증거야."

바리는 조개 목걸이를 보자 눈물이 그렁그렁 차오르더니 우아앙! 소녀 공덕을 안고 울었다. 이 어린것이 얼마나 무서웠을꼬. 소녀 공덕은 바리의 등을 토닥였다.

"이제 집에 가자. 할망이 너 집으로 데려오래."

"안 돼. 못 가!"

바리는 눈물을 닦으며 소녀 공덕을 밀어냈다.

"여긴 위험해. 저승사자들이 쫓고 있어. 네 마법으로 제주로 돌아가자."

"그게······, 꽃잎이 없으면 마법 못 써. 헤헤."

바리가 머리를 긁적였다.

"뭐?"

아무리 내 딸이라지만 뭐 이런 대책 없는 애가 다 있나. 소녀 공덕은 황당했다.

"아무튼 할망한테 전해! 해골꽃 찾기 전엔 집에 절대 안 간다고!"

바리와 몽생이는 이불을 들추고 밖으로 나갔다.

"바리야!"

소녀 공덕의 외침에 다른 곳을 찾던 풍산개 대장이 돌아봤다. 풍산개 대장의 코는 갓끈에 맞아 시뻘겋게 부어올라 있었다. 그의 노여움도 빨개진 코만큼 달아오른 상태였다.

"대역죄인이 저기 있다! 잡아라!"

풍산개 대장이 바리를 가리키며 외쳤다.

"예, 대장님!"

저승사자들이 사방에서 달려왔다.

"헉! 들켰다!"

바리는 몽생이와 계단으로 도망쳤다. 그러나 계단 밑에서 바둑이 저승사자가 이끄는 부대가 위에서는 누렁이 저승사자와 부하들이 달려오고 있었다. 겁에 질린 바리는 퇴각하는 패잔병처럼 뒷걸음쳤다. 툭, 바리의 등에 무언가 닿았다.

"항복해라, 대역죄인 바리!"

어느새 뒤에 나타난 풍산개 대장이 서 있었다.

풍산개 대장이 살벌한 미소를 지었다. 하얀 뻐드렁니가 빛나 더욱 사나워 보였다. 풍산개 대장이 바리를 잡으려 앞발을 뻗었다. 뒤에서 소녀 공덕이 번개같이 달려와 풍산개 대장을 이불로 덮고 힘껏 계단으로 밀었다. 김밥처럼 이불에 말린 풍산개 대장이 셰단으로 데굴데굴 굴러갔다. 계단으로 올라오던 바둑이 부대와 위에서 내려오던 누렁이 부대가 풍산개 대장에 밀려 도미노처럼 연달아 넘어졌다.

"대장님!"

"으아악!"

소녀 공덕이 바리를 데리고 몽생이에 올라탔다.

"따라와!"

검둥이 저승사자가 저 앞에서 달려왔다.

"네 이놈들!"

몽생이가 검둥이 저승사자를 가뿐하게 뛰어넘어 위기를 면했다. 하지만 사방에 깔린 저승사자들에 가로막혀 얼마 못 가 멈췄다.

"어쩌지?"

바리가 초조하게 손톱을 물어뜯으며 물었다.

소녀 공덕의 눈에 이불 수레를 끄는 흑돼지 귀신이 보였다. 수레에는 이불이 산처럼 쌓여 있었다. 소녀 공덕이 수레를 가리키며 말했다.

"저기야!"

흑돼지 귀신이 이불을 가지러 자리를 비웠다. 그사이 소녀 공덕과 바리, 몽생이가 이불 사이로 숨어들었다. 흑돼지 귀신이 이불을 들고 와 수레에 올렸다. 흑돼지 귀신은 수레를 끌고 가려고 힘을 줬지만 '꿀! 꿀!' 수레가 움직이지 않았다.

"왜 이리 무겁지?"

흑돼지 귀신은 고개를 갸웃거렸다.

"꾸울- 꾸울-"

다시 힘껏 수레를 끌자 간신히 수레바퀴가 굴러가기 시작했다.

"와, 이거 꿀이다!"

이불 수레에 숨은 바리가 속없이 웃었다. 몽생이도 좋다고 앞발을 들어 바리의 손바닥을 마주쳤다. 바리의 철없는 모습에 소녀 공덕은 머리가 지끈지끈 아팠다. 소녀 공덕은 이불을 들춰서 밖을 봤다. 이불 바다 곳곳에 숨은그림찾기처럼 귀신 사당패가 숨어 있었다. 계란이는 맥반석 계란 사이에, 팔척이는 찜질방 직원 사이에, 가비는 기념품 코너 인형 사이에 숨어 있었다. 소녀 공덕은 귀신 사당패와 눈이 마주치자 이불 수레로 오라고 손짓했다. 귀신 사당패는 기둥을 타고 쓰레기통을 뒤집어쓰고 계란인 척 굴렀다가 멈췄다가를 반복하여 수레로 들어가 숨었다. 이불 수레가 점점 무거워지자 '꾸우우울-꾸우우울-' 영문을 모르는 흑돼지 귀신은 젖 먹던 힘까지 짜내어 수레를 끌었다.

덜컹덜컹 흔들리는 이불 사이로 소녀 공덕과 바리, 귀신 사당 패의 눈이 보였다. 끔뻑끔뻑 좌우를 살피던 소녀 공덕과 바리 일행에게 저승사자들의 대화가 들렸다.

"대장님! 대역죄인들이 사라졌습니다!"

누렁이 저승사자가 보고했다.

"이 잡듯이 샅샅이 뒤져라! 한 놈, 아니 한 혼도 놓쳐선 안 된다! 내 반드시 놈들을 극형에 처하게 할 것이다!"

스릉- 풍산개 대장이 칼집에서 기다란 검을 꺼내며 서슬 퍼렇게 말했다.

헉! 소녀 공덕이 놀라자 풍산개 대장이 개 코를 벌름거리며 돌아봤다. 소녀 공덕은 팔을 뻗어 흑돼지 귀신의 등을 꼬집었다. '아얏!' 놀란 흑돼지 귀신이 후다닥 이불 수레를 끌었다.

"킁킁- 어디서 대역죄인의 냄새가 났는데……."

풍산개 대장이 고개를 갸웃하는 사이, 커다란 이불 수레가 곁을 지나쳐 갔다.

"바리 너 때문에 우리까지 이게 뭐야? 저승사자한테 쫓기고 생고생하잖아."

가비가 이불 안에서 속삭였다.

"어? 너희였구나! 여기서 보니까 반갑다!"

바리가 귀신 사당패를 알아보고 웃었다.

"제주도로 돌아가면 더 반가울 것 같아."

팔척이가 지친 얼굴로 말했다.

"싫어, 집엔 안 갈 거야. 할망은 내 말도 안 듣고 잔소리만 한다고."

"할망이 너보다 더 잘 아니까 그렇지. 다 널 위해서 하는 말인데 그게 어떻게 잔소리야?"

소녀 공덕이 잔소리를 하자 바리가 감탄의 눈빛을 발하며 말했다.

"와! 너 우리 할망한테 빙의했니? 잔소리 진짜 잘한다! 할망이랑 완전 똑같아!"

"지금 감탄이 나와?"

소녀 공덕이 또 잔소리를 할 때, 덜컹덜컹하던 수레가 기울어졌다.

"어어어어?"

소녀 공덕과 바리 일행은 이불에 섞여 어딘가로 굴러떨어졌다. 흑돼지 귀신이 수레에 실은 이불들을 어딘가에 쏟고 있었다.

"으아아아아아아!"

소녀 공덕 일행은 이불 더미와 함께 수레에서 떨어졌다. 폭식한 빨래 위로 떨어진 소녀 공덕 일행은 정신을 차리고 주변을 둘러봤다.

팔척이가 창백한 얼굴로 말했다.

"잠깐, 여긴, 설마……!"

일행이 떨어진 곳은 거대한 솥 안이었다.

"6층 빨래 바다야! 우린 죽었어! 이미 죽었지만 진짜진짜 죽었다고!"

가비의 절규가 울려 퍼졌다.

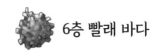 # 6층 빨래 바다

소녀 공덕과 바리는 솥 밖으로 고개를 빼꼼 내밀었다.

퉁- 투둥- 퉁퉁- 탁! 타닥! 탁탁! 거문고 소리와 다듬이 소리가 어우러져 아름다운 국악처럼 들렸다.

빨래 바다의 바닷물은 회색 구정물이었다. 높은 천장에 수많은 빨랫줄이 거미줄처럼 얽혀 있었다. 빨랫줄마다 만국기처럼 걸린 형형색색의 빨래에서 물방울이 뚝뚝 떨어졌다. 빨래 바다의 네 모퉁이에는 소녀 공덕과 바리 일행이 있는 거대 솥, 다듬이 도깨비들이 몸으로 도닥도닥 빨래를 두드리는 다듬이 터, 그리고 꽃잎과 도마뱀 등 각종 한약재를 넣어 거품을 만드는 양잿물 터가 있었다.

빨래 바다 가운데에는 거문고를 튕기는 의문의 미남자가 앉아 있었다. 거문고는 커다란 빨래판에 빨랫줄을 달아서 만든 것이었다. 남자는 계란형 얼굴에 콧날은 종이가 베일 듯 오똑했고 검은색 눈동자는 우수에 젖어 있는 듯 깊고 촉촉했다. 남자의 윤기 나는 흑발은 폭포처럼 파도치며 바닥까지 흘러내렸다. 남자의 길고 고운 손가락이 거문고의 빨랫줄 위를 날아다니며 아름다운 곡조를 연주했다. 다행히 남자가 있는 자리에선 솥 안이 보이지 않아 소녀 공덕 일행을 눈치채지 못한 것 같았다.

"저 남자가 마고 선비야?"

소녀 공덕이 물었다.

"그래! 저승 서열 2등 귀신! 하필 도망친 곳이 빨래 바다라니! 이번 생, 아니 이번 혼은 망했어!"

가비가 상모를 쓴 머리를 두 손으로 감싸며 말했다.

"잘생긴 걸로는 서열 1등 같은데? 잘생겼으니까 성격도 좋지 않을까?"

바리가 속없는 소리를 하자,

"정신 차렷!"

가비와 소녀 공덕이 바리의 등짝을 동시에 후려쳤다.

"아얏!"

바리가 외마디 비명을 질렀다. 그 소리에 거문고를 타던 마고 선비의 손가락이 멈췄다.

틩! 마고 선비는 신경질적으로 거문고 줄을 끊으며 고개를 들었다.

"누구야? 방금 누구야?"

'들킨 건가!'

소녀 공덕과 바리는 겁먹은 눈으로 마고 선비를 봤다.

"내가 흰 빨래 검은 빨래 섞지 말랬지?"

마고 선비가 빨랫줄에 널린 얼룩진 빨래를 가리켰다. 하얀 빨래에 검은 물이 들어 얼룩덜룩해진 빨래를 보며 눈을 찌푸렸다.

"너희 계속 이러면 진짜 솥에 넣고 확 삶아 버린다?"

마고 선비가 거문고 줄을 퉁겨 마법을 부렸다. 천장에 걸려 있던 빨랫줄 하나가 날아가 바닥을 채찍처럼 후려쳤다. 바닥을 휘감듯 짝! 하는 소리가 빨래 바다에 메아리처럼 울려 퍼지자 다듬이 도깨비들이 바들바들 떨었다. 다듬이 도깨비들은 죄인들이 목에 차는 나무칼을 차고 있었는데 그 작은 몸으로 직접 빨래를 두드리며 다듬이질을 했다.

가비가 마고 선비를 보며 말했다.

"봤지? 성질 더러운 거? 저승사자들도 무서워서 빨래 바다엔 못 들어온대. 마고 선비한테 걸릴 바엔 차라리 저승사자한테 잡히는 게 낫다는 말도 있다고!"

"저 얼굴 저렇게 쓸 거면 날 주지."

바리가 또 속없는 소리를 했다.

팔척이가 심각한 얼굴로 말했다.

"원래 빨래 바다는 옷에 묻은 이승의 욕망과 못난 과거를 깨끗하게 빨아 주는 곳이었대. 죽어서 저승에 온 것도 새로 태어난 것과 같으니 깨끗한 옷을 입고 깨끗한 이불을 덮어야 한다고 말이야. 하지만 마고 선비가 동수자에게 힘을 나눠 받고 빨래 바다를 차지했지."

"악! 이게 뭐야?"

그때 마고 선비가 물에 비친 자신의 모습을 보고 화들짝 놀라 소리쳤다.

소녀 공덕과 바리 일행은 고개를 빼꼼 내밀고 마고 선비를 훔쳐봤다. 마고 선비의 비단 같은 검은 머리칼 사이로 짧은 흰머리가 삐죽 솟아 있었다. 마고 선비는 흰 머리를 손가락으로 집고 불길한 것이라도 봤다는 듯이 몸서리를 쳤다.

"흰머리잖아! 내 비단결 같은 흑발에 흰머리라니! 이게 또 언제 자랐지? 동수자님께 다시 힘을 나눠 달라고 해야겠어."

마고 선비는 앙칼진 목소리로 혼잣말을 하며 손가락으로 머리를 빗어 흰머리를 감췄다.

소녀 공덕은 고개를 절레절레 저었다.

"기껏 도망쳤더니 저런 포악한 녀석 앞이라니. 산 넘어 산, 아니 파도 넘어 파도구나. 일단 여기부터 탈출해야겠어."

소녀 공덕은 이리저리 둘러보다가 솥에 있는 빨래를 엮어 밧줄처럼 만들기 시작했다. 그런 다음 빨래로 엮어 만든 줄 끝에 테왁을 매달아 휙휙 돌려 솥 밖으로 던졌다. 테왁이 날아가 솥 손잡이에 갈고리처럼 탁 걸렸다. 줄을 당겨 보니 팽팽한 게 딱 좋았다.

"이걸 잡고 나가자. 들키면 안 되니까 조용히 따라와."

끙차, 끙차. 소녀 공덕과 바리 일행은 등반을 하듯 테왁 빨랫줄을 잡고 솥의 안쪽 벽을 걸어 올라갔다. 다행히 마고 선비에게 들키지 않고 모두 솥을 빠져나왔다. 소녀 공덕은 바리와 귀신 사당패에게 빨래 거품을 묻혀서 몸을 가렸다. 까치발로 거품 사이사이를 지나 마침내 빨래 바다를 빠져나갈 때였다. 바리의 눈에 뭔가 들어왔다.

"어? 저건?"

어린 다듬이 도깨비였다. 다듬이질을 얼마나 했는지 몸을 가로지르는 기다란 금이 가 있었다. 어린 다듬이 도깨비가 힘겹게 다듬이질을 하다가 삐끗 넘어졌다. 그 바람에 다듬이 소리가 마고 선비의 거문고 곡조에 어긋나고 말았다. 갑작스러운 음 이탈에 마고 선비가 이마에 핏대를 세웠다.

"방금 누구야? 누가 박자 틀렸어? 말했지? 덩기덕 쿵더러러럭이 아니라 덩기덕 쿵덕이라고!"

마고 선비가 빨래판 거문고 줄을 튕겼다. 빨랫줄이 날아가 어린 다듬이를 때리려고 했다. 한 대만 맞아도 어린 다듬이의 몸이 부서질 것 같았다.

"그만해!"

바리가 달려와 어린 다듬이 앞을 막아섰다.

"엥?"

마고 선비가 얼굴에 물음표를 띈 채 바리를 쳐다봤다.

"저건 또 뭐야?"

"바리야!"

소녀 공덕이 한 박자 늦게 외쳤다.

바리가 어린 다듬이를 감싸 주자 어린 다듬이가 바리를 올려다보았다. 어린 다듬이의 동그란 눈에서 커다란 눈물이 방울방울 흘러내렸다. 바리는 마음이 아팠다.

마고 선비는 "바리? 바리가 누구…?" 말하며 눈동자를 이리저리 굴리더니 곧 "아! 그 유명한 대역죄인 바리?" 하고 알아보았다.

"용기가 대단한데? 빨래 바다에 제 발로 오다니. 동수자님의 해골꽃을 훔치려던 도적다워!"

"그만 괴롭혀! 아파서 넘어진 거잖아."

바리가 말했다.

"그렇지? 내가 좀 심했지?"

마고 선비가 화사한 미소를 지었다.

"흠, 그럼 너희가 대신 아프면 되겠다!"

마고 선비가 빨랫줄 거문고를 튕기며 말했다.

"매달아!"

# 마고 선비

빨랫줄과 빨래집게 도깨비들이 소녀 공덕과 바리 일행에게 날아가 솥 위에 빨래처럼 매달았다. 솥에서 물이 팡! 팡! 용암처럼 기포를 터뜨리며 펄펄 끓어오르고 있었다.

"으아! 뜨거워!"

"쩌 죽을 것 같아. 이미 죽었지만……."

가비와 팔척이가 끙끙대며 말했다.

계란이도 솥에서 올라오는 뜨거운 김에 살구색 달걀 껍질이 익어 갔다. 달걀 얼굴에서 비 오듯 땀이 흐르자 소녀 공덕이 이마에 둘러 주었던 붕대가 풀리고 말았다. 솥으로 떨어진 붕대는 부글부글 끓는 물에 닿자 순식간에 증발해 사라졌다. 붕대가 풀리자 깨진 달걀 껍질 사이로 노른자가 피처럼 흘러내리다 뜨거운 김에 굳어 버렸다. 껍질에 붙은 채 굳은 노란자는 앞머리 한 가닥 같았다.

"바리 너! 내가 그냥 가자고 했지?"

소녀 공덕이 빨랫줄에 매달린 채 말했다.

"다듬이 도깨비가 다칠 뻔했단 말이야."

바리가 입술을 뾰족하게 내밀었다.

마고 선비가 그 모습을 흐뭇하게 보더니 흑발을 어깨 뒤로 넘기며 말했다.

"뭐, 내가 그리 소인배는 아니야. 그래서 너희한테 도망칠 기회를 줄까 해."

"정말?"

바리가 환하게 웃으며 물었다.

"단! 수수께끼를 맞히면."

"못 맞히면?"

그럼 그렇지, 싶었던 소녀 공덕이 물었다.

마고 선비는 대답 대신 거문고 줄을 퉁겼다. 그러자 바리의 팔을 매단 빨래집게 도깨비가 미안해하며 집게 다리를 벌렸다.

바리의 팔 하나가 빨랫줄에서 떨어졌다.

"으아악!"

바리는 빨랫줄에 한쪽 팔만 매달린 모양새가 되었다. 솥의 물은 더 뜨거워져 바리를 잡아먹을 것처럼 펄펄 끓었다.

"이 못된 무뢰배 같으니!"

소녀 공덕이 이를 갈았지만, 마고 선비는 들은 체도 하지 않았다.

"봤지? 시작한다! 제한 시간은 30초!"

다듬이 도깨비들이 자기들끼리 몸을 부딪혀 똑딱똑딱 시계 소리를 내었다. 어린 다듬이는 빨래 바다 구석에서 바들바들 떨며 소녀 공덕과 바리를 지켜볼 뿐이었다.

"첫 번째 수수께끼! 밥 먹고 나면 찾아오는 거지는?"

똑딱똑딱.

"……설거지?"

소녀 공덕이 망설이며 답했다.

딩동! 빨랫줄 거문고에서 소리가 났다.

마고 선비는 당황했지만 금세 여유로운 미소를 지었다.

"하하, 처음이라 몸풀기 문제였어. 요거 하나 풀었다고 안심하진 않겠지? 두 번짼 아주아주 어려울걸?"

"나의 울음으로 시작해서 남의 울음으로 끝나는 것은?"

똑딱 똑….

"인생."

딩동!

"누, 눈으로 못 보고 입으로만 보는 것은?"

똑따….

"맛."

딩동!

"뭐야, 쉽네."

소녀 공덕은 어깨를 으쓱했다.

보기엔 소녀 같아도 공덕은 산전, 수전, 해전까지 겪은 해녀였다. 글을 배운 적 없어도 삶의 지혜는 풍부했다. 이를 모르는 마고 선비는 소녀 공덕의 활약에 당황했다. 검은색 눈동자가 지진이 난 듯 흔들렸다.

"그것도 문제라고 냈냐!"

"어이없다! 출제자는 물러가라! 물러가라!"

"히히힝!"

가비와 팔척이, 몽생이가 휘파람을 불며 야유했다.

"시끄러! 안 그래도 짜증나 죽겠는데!"

마고 선비가 거문고 줄을 튕기자 귀신 사당패와 몽생이를 잡은 집게 도깨비가 다리를 벌렸다.

"아악!"

"히히힝!"

귀신 사당패와 몽생이도 빨랫줄에서 팔과 다리가 하나씩 떨어졌다.

"감히 내가 낸 문제를 다 맞혀? 저것들을 이렇게 보낼 순 없는데…… . 무슨 문제를 낸담."

마고 선비는 손톱을 잘근잘근 씹으며 고민에 빠졌다.

"아! 이건 진짜 안 내려고 했는데. 맞히면 큰일이란 말이야. 아니야. 그래도 이건 절대 못 풀 거야!"

마고 선비는 윤기 나는 흑발을 어깨 뒤로 넘기며 말했다.

"좋아! 이번 문제는 절대 못 맞힐걸? 불가사리 별점 다섯 개

짜리거든! 마지막 문제!"

"아침에는 까맣지만 밤에는 하얗게 되는 것은?"

똑딱똑딱.

"어? 그, 그건······."
소녀 공덕은 말문이 막혔다.

똑딱똑딱 똑딱똑딱 똑딱똑딱 똑딱똑딱 똑딱똑딱 똑딱똑딱
똑딱똑딱 똑딱똑딱 똑딱똑딱 똑딱똑딱 똑딱똑딱 똑딱똑딱 똑
딱똑딱 똑딱똑딱 똑딱똑딱 똑딱똑딱 똑딱똑딱 똑딱똑딱 똑딱
똑딱똑딱 똑딱똑딱 똑딱똑딱 똑딱똑딱 똑딱똑딱 똑딱똑딱 똑
딱똑딱 똑딱똑딱 똑딱똑딱 똑딱 똑딱똑딱 똑딱똑딱 똑딱똑딱
똑딱똑딱 똑딱똑딱 똑딱똑딱 똑딱똑딱 똑딱똑딱 똑딱똑딱 똑
딱 똑딱 똑딱똑딱 똑딱똑딱 똑딱똑딱 똑딱똑딱 똑딱똑딱 똑
딱똑딱.

"으, 어쩌지?"

아무리 생각해도 답이 떠오르지 않았다. 가뜩이나 초조한데 똑딱 소리까지 계속 들리니 머리가 멈춰 버린 것 같았다.

"못 풀겠지? 진짜진짜 어렵지? 30초 안에 못 풀면 너흰 끝이야! 하하하"

마고 선비는 시꺼먼 빨래의 때를 벗긴 것처럼 속이 다 시원했다. 신이 난 마고 선비는 거문고 연주를 하며 승리를 자축했다.

"서당에서 이런 거 안 배웠어?"

소녀 공덕이 바리를 보며 물었다.

"……졸아서 몰라."

바리가 맹한 얼굴로 말했다.

"자랑이다! 그러게 내가 글공부 좀 하랬잖아. 공부를 잘하면 자다가도 떡이 나온다고 했어, 안 했어?"

"콩떡이 네가 언제?"

바리는 왠지 억울해서 항변하듯 물었다.

"……라고 할망이 말하랬어."

소녀 공덕은 당황해서 둘러댔다.

솥은 점점 뜨겁게 달궈져 빨랫줄에 매달린 것만으로도 쪄 죽을 것 같았다. 소녀 공덕은 후욱 후욱 숨 쉬는 것이 가빠지며 눈앞이 하얗게 흐려졌다. 해녀병 때문이었다. 품에 숨긴 소라 향초

의 촛불이 후욱 닳아지자 소녀 공덕의 검은색 머리카락 몇 가닥
이 하얗게 변했다.

*똑딱똑딱 똑딱똑딱 똑딱똑딱 똑딱똑딱 똑딱똑딱 똑딱똑딱
똑딱똑딱.*

시간은 계속 가고 있었다. 바리도 수수께끼의 답을 알아내려
끙끙댔다. 양잿물 터에 있던 어린 다듬이가 바리를 보며 폴짝폴
짝 뛰었다. 양잿물 터에는 도마뱀과 여러 식물이 섞여 있었다.

"어? 다듬이 도깨비가 왜 뛰는 거지?"

바리가 어린 다듬이를 봤다. 어린 다듬이는 옆에 있는 빨래판
도깨비의 머리를 가리켰다.

"뭐라고? 머리? 머리를 말하는 거야?"

어린 다듬이가 격하게 고개를 끄덕였다.

"머리가 왜?"

바리는 고개를 갸웃거리다 문득 소녀 공덕의 흰머리를 봤다.

"어? 콩떡아, 너 흰머리가 왜 이렇게 많아졌어? 저승의 귀신
들은 나이를 먹지 않아서 흰머리가 안 생기잖아."

바리가 이상한 눈초리로 소녀 공덕을 쳐다봤다.

소녀 공덕은 앞머리에 한 가닥만 있었던 흰머리가 금세 늘어난 것을 깨닫고 허둥지둥 둘러댔다.

"이건 흰머리가 아니고……, 그냥 해녀들 사이에서 유행하는 머리야, 하하……."

문득 소녀 공덕은 무언가 떠올렸다.

"앗! 방금 수수께끼 말이야. 아침에는 까맣지만 밤에는 하얗게 되는 것! 이 말은 아침, 다시 말해서 어릴 땐 검은색이지만,"

"밤, 그러니까 나이가 들면 하얀색으로 변한다?"

바리도 눈치채고 말을 이었다.

"즉, 수수께끼의 정답은,"

소녀 공덕과 바리가 동시에 외쳤다.

"머리카락! 흰머리가 된다는 뜻이야!"

거문고 줄에서 딩동! 소리가 났다!

"뭐, 뭐야? 어떻게 안 거야?"

마고 선비는 당황했다.

"이제 우릴 풀어줘!"

소녀 공덕이 외쳤다.

"내가 미쳤니? 너희 같은 대역죄인을 놓아주게? 근데 어떻게 안 거야?"

마고 선비는 양잿물 터에 있는 어린 다듬이를 노려봤다.

"네가 알려 줬지? 너희 다들 확 삶아 버릴 거야!"

마고 선비가 짜증을 내며 머리를 헝클어트렸다. 찰랑대는 흑발 사이로 흰머리 한 가닥이 삐죽 나왔다.

'……어라? 나는 이승에 있는 사람의 혼이니까 흰머리가 생길 수 있지만, 마고 선비는 귀신인데 왜 저게 있을꼬?'

소녀 공덕은 마고 선비의 흰머리를 보고 생각했다.

"바리야, 아까 네가 한 말 기억나? 저승 귀신은 나이를 안 먹어서 흰머리가 안 생긴다고 했던 것 말이야." 소녀 공덕이 말했다. "그런데 마고 선비도 나처럼 흰머리가 있어."

"어라? 정말 그러네. 어떻게 된 거지?"

"게다가 마지막 수수께끼를 내기 전에 마고 선비는 이걸 풀면 큰일이라고 했어. 그리고 수수께끼의 답은 머리카락, 그러니까 흰머리라는 소리였고!"

바리가 눈을 반짝이며 말을 이었다.

"그렇다면! 마고 선비의 약점도?"

"시끄러워! 대역죄인 주제에 뭘 숙덕숙덕하는 거야? 수수께끼 놀음도 이제 끝났다! 당장 솥으로 들어가!"

마고 선비가 거문고 줄을 튕겼다.

바리와 소녀 공덕 일행을 잡고 있던 빨래집게 도깨비들이 다리를 벌렸다. 뭔가 할 틈도 없이 바리와 소녀 공덕 일행이 솥으로 떨어졌다. 바리가 맨 먼저 펄펄 끓는 물에 빠지고 말았다.

"아아아악! 안 돼!"

 동수자님이 노하신 거야

"하하하! 꼴 좋다!!"

바리가 솥에 떨어지는 꼴을 보니 절로 웃음이 나왔다. 마고 선비가 개운하단 듯 활짝 웃을 때, 누군가 뒤에 나타나 마고 선비의 흰머리를 뽑았다.

"아얏! 뭐, 뭐야?"

마고 선비는 쭈뼛 모든 머리카락이 솟는 듯한 찌릿한 충격을 느꼈다. 따끔하고 아팠던 머리를 만지며 돌아보니 바리가 헤헤 웃으며 흰머리를 들고 있었다.

"바리? 네가 감히 내 흰머리를? 어떻게 그럴 수가 있지? 너,

넌 저기 떨어져 죽었잖아!"

마고 선비가 솥을 가리켰다.

펄펄 끓는 물에 떨어진 바리가 스르륵 사라지더니 하얀 꽃잎
이 팔랑팔랑 떨어졌다. 바리가 마법으로 만든 환영이었던 것이
다. 진짜 바리는 마고 선비 뒤에 있었다. 그동안 귀신 사당패와
소녀 공덕은 빨랫줄에서 솥으로 떨어지고 있었다. 가비가 머리
를 돌려 상모에 달린 줄로 솥의 손잡이를 감았다. 귀신 사당패
와 소녀 공덕은 가비의 상모 줄을 잡고 버텼다. 손잡이에 감긴
상모 줄이 무게 때문에 풀리고 있었다.

"바리야……! 빨리……!"

가비가 외쳤다.

바리는 마고 선비의 흰머리를 솥을 향해 후– 불었다. 마고 선
비가 솥으로 달려와 끓는 물로 떨어지는 흰머리를 잡으려고 팔
을 휘저었다. 동시에 상모 줄이 풀려 소녀 공덕 일행도 끓는 물
로 떨어졌다.

흰머리가 얄밉게 마고 선비의 손가락 사이를 나풀거리며 빠
져나가 끓는 물에 쏙 떨어졌다. 부글부글 끓어오르는 기포와 함
께 흰머리는 스르륵 사라졌다. 그러자 팔팔 끓던 거대한 솥이

펑 하고 사라졌다. 소녀 공덕 일행은 끓는 물에 빠지기 직전 솥이 사라져 안전하게 맨바닥에 착지할 수 있었다. 흰머리가 사라진 마고 선비의 아름다운 흑발이 하얗게 변하기 시작했다.

"어어어? 안 돼! 안 돼! 아아아악!"

보드랍고 탱탱한 피부도 쪼글쪼글해지더니 탄력 없이 축 늘어졌다. 마고 선비는 순식간에 쪼글쪼글한 노인이 되었다.

"윽, 마고 선비가 이상해졌어!"

가비가 소름이 돋는지 팔을 비비며 말했다.

"저게 마고 선비의 진짜 모습이래."

어린 다듬이 도깨비가 뭐라 뭐라 몸동작을 하자 바리가 알아듣고 전해 주었다.

"원래 마고 선비는 욕심으로 똘똘 뭉친 노인이었는데 동수자의 해골꽃이 주는 힘을 나눠 받고 젊어진 거였대. 그래서 젊음과 외모에 집착했다나 봐."

노인이 된 마고 선비는 점차 앙상해지더니 해골로 변해 갔다.

"이 파렴치한 놈들! 동수자님이 네놈들을 가만두시지 않을게다! 동수자님! 반드시 복수를⋯⋯!"

허공을 향해 악을 지르던 마고 선비는 바스스 재가 되어 흩어져 사라졌다. 마고 선비의 옷만 남아 바닥에 떨어졌다. 다듬이 도깨비들이 목에 찼던 나무칼도 쩍 갈라져 떨어졌다. 빨래 바다의 구정물도 무지개색으로 빛나는 투명한 거품 바닷물로 바뀌었다. 빨래 바다가 마고 선비의 마법에서 풀려난 것이다.

그 시각 저승사자들은 저승 가옥 구석구석을 수색하고 있었다. 풍산개 대장은 6층 바닷물 색이 바뀌는 것을 보고 충격을 받았다.

"이럴 수가! 마고 선비님이……!"

칼을 쥔 그의 하얀 앞발이 부들부들 떨렸다.

"과연 대역죄인답구나. 마고 선비님이 당하다니!"

풍산개 대장이 노한 목소리로 외쳤다.

"놈들이 빨래 바다에 있다! 당장 잡아들여라! 이대로는 동수 자님을 뵐 면목이 없다. 반드시 잡아서 마고 선비님의 원수를 갚아야 한다!"

"네! 대장님!"

저승사자들이 칼을 높이 쳐들고 소리쳤다.

"마고 선비가 사라졌어!"

"빨래 바당 색도 달라졌어. 원래 모습으로 돌아온 거야!"

소녀 공덕과 바리가 외쳤다.

163

귀신 사당패와 몽생이도 얼싸안았다. 계란이는 그사이 뜨거운 김에 잘 그을린 갈색 훈제란이 되었다. 자유의 몸이 된 도깨비들은 도닥도닥 자기들끼리 부딪히며 박수 소리를 냈다.

"대체 어떻게 된 거야? 마고 선비를 물리치다니!"

가비가 물었다.

"다듬이 도깨비가 마고 선비의 약점이 흰머리라고 알려 줬어. 양잿물 터에서 꽃잎도 갖다주고 말이야."

바리가 말했다. 바리가 하얀색 꽃잎을 불자 꽃잎이 어린 다듬이를 휘감았다. 어린 다듬이의 몸에 간 금이 사라졌다. 어린 다듬이가 기뻐서 폴짝폴짝 뛰었다.

"무서웠을 텐데 꽃잎을 가져다줘서 고마워. 넌 정말 용감한 친구야."

바리는 어린 다듬이를 쓰다듬었다.

"바리 덕에 살았네."

그 모습을 보며 팔척이가 흐뭇하게 말했다.

"그러게 말이오! 우리 바리, 많이 컸구나. 이렇게 마음이 예쁜 아이란 걸 이제야 알았어."

소녀 공덕도 벅찬 얼굴로 끄덕였다.

쿠구구구구- 저승 바다가 흔들렸다. 12층 가옥이 흔들리고 바닷물이 철썩댔다. 저승 바다에 있던 귀신들은 균형을 잃고 넘어졌다.

"바다 지진이야! 동수자가 노한 거야, 마고 선비가 사라져서!"

팔척이가 겁에 질린 목소리로 말했다.

잠시 뒤 흔들림이 멈추고 풍산개 대장의 목소리가 들렸다.

"이쪽이다! 반드시 대역죄인을 잡아야 한다! 동수자님이 기다리신다!"

저승사자들의 발소리가 들렸다. 네 모퉁이에 있는 계단마다 저승사자들이 달려오고 있었다.

"저승사자가 사방에 깔렸어! 어떡해?"

가비가 발을 동동 굴렀다.

포위되기 직전이었다. 소녀 공덕이 두리번거렸지만 도망칠 곳은 보이지 않았다. 이대로 잡히는 건가. 암담할 때 몽생이가 바닥에 코를 박고 울었다.

"히히힝!"

"몽생이가 저승사자 냄새가 안 나는 곳을 찾았대!"

바리가 말했다.

"빨리 가자!"

몽생이가 앞장서자 소녀 공덕과 귀신 사당패가 뒤따라 달렸다. 바리는 양잿물 터에서 꽃잎을 한 움큼 챙겨서 따라갔다.

"저쪽이다!"

"놓치지 마라!"

저승사자들이 바짝 뒤쫓았다.

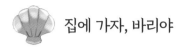

집에 가자, 바리야

몽생이를 따라 7층 바다에 이르자 노릇노릇한 황금색 바닷물이 보였다. 바닷물에서 나오는 고약하면서도 친근한 냄새에 소녀 공덕은 우웁, 구역질을 했다.

"웩! 이, 이게 무슨 냄새야?" 소녀 공덕이 묻자, "뒷간…, 바다야!" 바리가 코를 막고 간신히 말했다.

곧이어 저승사자들이 뒷간 바다에 도착했다.

풍산개 대장이 칼을 꺼내며, "네 놈들은 독안에 든 쥐……!" 하다가 쿵! 쓰러졌다.

"대장님……!" 쿵! 누렁이 저승사자도, "후퇴……." 쿵! 바둑이 저승사자도, 차례로 쓰러졌다.

뒷간 냄새가 어찌나 고약한지 풍산개 대장의 서슬 퍼런 칼날이 부스스 부식돼 없어졌다. 저승사자들은 소매로 코를 가리고 쓰러진 동료들을 끌고 후퇴했다.

바리와 귀신 사당패는 조용히 만세를 불렀다. 소녀 공덕은 숨을 참다가 현기증을 느끼고 비틀거렸다. 눈앞이 깜깜해지고 발밑이 빙글빙글 도는 것 같았다. 창백해진 소녀 공덕의 이마에 땀이 송송 맺혔고, 머리카락은 더 새하얗게 바랬다.

"콩떡아!"

소녀 공덕이 휘청대자 바리가 달려와 부축했다. 소녀 공덕이 쉴 곳이 필요했다. 바리가 쓰러진 소녀 공덕을 안고 두리번거리자 몽생이가 킁킁 냄새를 맡더니 앞발로 어딘가를 가리켰다. 8층 바다 지붕이었다. 바리와 귀신 사당패는 소녀 공덕을 부축해서 8층 지붕으로 내려갔다.

바리는 8층 지붕에 소녀 공덕을 천천히 뉘었다. 숨이 긴 바리는 아무렇지 않았지만 귀신 사당패는 괴로웠는지 8층 바다 지붕에 도착하자마자 대(大)자로 드러누웠다. 가비와 팔척이는 흐업, 커흑, 화생방 훈련을 한 것처럼 눈물 콧물을 쏟았다.

"헉, 허억……. 내 귀신 인생 최대 위기였어. 허욱……."

팔척이가 콧물을 닦으며 말했다.

잠시 뒤 소녀 공덕이 일어났다.

"콩떡아, 괜찮아? 많이 어지러웠어?"

바리가 걱정하며 물었다.

"아냐, 잠깐 졸려서 그랬어."

소녀 공덕은 정신이 들자 바리부터 살폈다.

"바리, 넌? 어디 안 다쳤어? 코는 멀쩡해? 머리는? 눈은? 발은?"

"괜찮아. 걱정하는 것도 진짜 할망이랑 똑같다!"

소녀 공덕이 노파심을 부리자 바리가 질색하며 말했다. 그러다 바리의 눈에 소녀 공덕의 늘어난 흰머리가 보였다.

"그런데 콩떡이 너 흰머리가 또 생긴 것 같아."

"어? 그, 그건……."

"다음에 나도 해 줘! 네가 하니까 멋있어 보여! 헤헷"

"흰머리가 멋있다고? 하여간 요새 애들은 취향도 이상해."

소녀 공덕은 절레절레 고개를 저으며 몰래 품에서 소라 향초를 꺼냈다. 어느새 향초가 절반이나 타들어 가고 없었다.

'아플 때마다 향초가 더 빨리 닳는구나. 그럴 때마다 흰머리도 늘고 있어. 남은 시간이 얼마 없어.'

소녀 공덕은 품에 향초를 넣으며 고개를 돌렸다.

"바리야, 이제 집에 가자. 할망이 기다려."

소녀 공덕이 말했다.

"싫어."

바리는 팔을 꼬며 몸을 홱 돌렸다.

"떼쓴다고 될 게 아니야. 여긴 위험해!"

"할망은 내가 해골꽃을 못 찾을 거라고 했어. 맨날 할망 말만 듣고 아무것도 하지 말래. 그러니까 할망이 틀렸단 걸 보여 줄 거야. 내 힘으로 해골꽃을 찾을 거라고!"

"그건 진심이 아니라, 할망이 걱정돼서 한 말이잖아."

"아니야. 할망은 뭐든지 자기 욕심대로 하려고 해. 서당 애들은 날 괴물이라고 따돌리고, 공부는 하기도 싫어. 그런데 바당은 달랐어. 바당엔 날 반기는 친구가 많아. 물질하는 것도 재밌단 말이야."

소녀 공덕은 처음 듣는 이야기였다.

"……왜 그런 얘길 할망한텐 안 한 거야?"

소녀 공덕이 놀라서 묻자 바리가 고개를 숙이며 말했다.

"말하려고 했는데 할망은 내 얘긴 안 듣고 공부만 하라고 하잖아! ……바당에서 숨 참기 하던 날도 그랬어! 숨 참기에서 이

기면 애들이랑 놀 수 있을 줄 알았거든. 그런데 애들이 내가 괴물이라서 할망이 날 버릴 거라고 하잖아! 할망은 그것도 모르고 나한테 혼만 내고…… . 할망은 자기밖에 몰라!"

아직도 그때만 생각하면 분하고 속상한지 바리는 울먹울먹했다.

"할망이 잘못했네."

팔척이가 턱을 쓰다듬으며 말했다.

가비는 옆에서 바리의 등을 토닥여 주었다.

소녀 공덕은 할 말을 잃었다. 바리가 그렇게 생각하는 줄은 몰랐다. 그런 일이 있는 줄도 모르고 바리에게 화만 냈던 자신이 부끄러웠다.

'바리한테 아무것도 모른다고 했는데 정말 모르는 건 나였을까. 다 바리를 위해서라고 생각했는데 전부 내 욕심이었을까…….'

"콩떡아, 화났어? 너한테 화낸 건 아니야. 그러니까 기분 풀어. 네가 속상하면 나도 슬퍼질 거야."

소녀 공덕이 울적해하자 바리가 얼른 손을 잡아 주었다. 바리는 제주에서 온갖 눈치를 보고 자란 터라 상대의 기분을 금방 알아챘다.

"……너 때문에 그런 거 아니야."

소녀 공덕이 애써 웃어 보였다.

"콩떡아, 넌 내가 태어나서 처음으로 사귄 사람 친구야. 그러니까 네 도움이 필요해. 해골꽃을 찾을 수 있게 도와줘. 해골꽃 찾아서 용왕님을 살리고 할망한테 나도 할 수 있단 걸 보여 주고 싶어. 응?"

바리가 커다란 눈망울을 빛내며 귀신 사당패를 돌아봤다.

"너희도 도와줘."

"하……, 마고 선비까지 없어져서 우린 진짜 대역죄인이 됐어. 까짓거 어차피 극형인데 해보자!"

까칠한 가비가 웬일로 가장 먼저 찬성했다.

"그래. 이렇게 된 거 해골꽃 우리가 찾는 거야!"

팔척이도 말했다.

몽생이도 앞발을 들고, '옳소!' 하듯 히힝! 울었다. 계란이도 고개를 끄덕였다.

바리도, 귀신 사당패도, 몽생이도 소녀 공덕을 바라봤다. 그들의 간절한 눈동자를 보니 소녀 공덕은 한숨이 나왔다.

"……대신 해골꽃 찾고 나면 진짜 집에 가는 거다?"

"진짜? 고마워! 콩떡아! 진짜진짜 약속!"

바리는 뛸 듯이 기뻐하며 소녀 공덕에게 깍지를 꼈다.

"안 지키면 할망한테 이를 거야."

소녀 공덕이 말했다.

"당연하지! 콩떡아, 고마워! 얘들아, 너희도 너무너무 고마워!"

바리가 소녀 공덕과 귀신 사당패를 끌어안고 폴짝폴짝 뛰었다.

"뛰니깐 뒷간 냄새 장난 아냐! 저리 가! 그만 뛰어!"

가비가 질색했지만, 바리는 더 꽉 안고 더 높이 뛰었다.

"몰라, 몰라! 너희들 너무 좋아!"

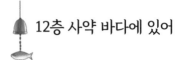# 12층 사약 바다에 있어

아직 어두운 새벽이었다. 대왕 꽃게 귀신이 눈알에서 감옥 조명 같은 동그란 빛을 뿜으며 저승 바다를 훑었다. 저승사자들은 산호초 꽃가마에 타고 내리는 귀신들을 수색했다.

층마다 바리의 용모파기가 새로이 붙었다. 소녀 공덕과 귀신 사당패, 몽생이의 용모파기도 추가됐다. 용모파기의 그림은 아주 못 그렸지만 묘하게 닮은 구석이 있었다. 풍산개 대장이 노여움을 담아 직접 그린 용모파기였다. 먹으로 눈, 코, 입만 점 찍어 그렸는데도 얄미운 특징을 잘 잡아 한눈에 누군지 알아볼 수 있었다.

슥, 누군가의 손이 용모파기를 찢어갔다. 소녀 공덕과 바리 일행이었다.

"방금 어디서 뒷간 냄새가 났는데?"

마침 용모파기 앞을 지나던 풍산개 대장이 돌아봤다.

헉! 그 말을 들은 소녀 공덕과 바리 일행이 고개를 숙이고 달아났다.

"저, 전 아닙니다!" 누렁이 저승사자가 발끈했다.

"킁킁, 너잖아! 저리 가!" 풍산개 대장이 버럭 소리를 질렀다.

억울한 누렁이 저승사자는 깨갱, 꼬리를 말고 구석으로 갔다. 소녀 공덕과 바리 일행은 쿡쿡 새어 나오는 웃음을 참으며 8층 바다 지붕으로 이동했다.

8층 바다 지붕에 도착한 소녀 공덕은 용모파기를 찢어서 콧구멍에 쑤셔 넣었다. 7층에서 내려오는 뒷간 냄새가 그나마 덜 나는 것 같았다.

"아니, 우리 바리를 누가 이렇게 그렸어? 바리가 할망 닮아서 얼마나 이쁜데."

소녀 공덕은 바리의 용모파기를 보며 역정을 냈다. 못 그렸는데 닮아서 더 기분이 나빴다.

"왜? 닮았잖아. 내 들창코 잘 그렸는데? 주근깨도 똑같이 그려 놨어. 하하하!"

바리는 뭐가 재밌는지 용모파기를 얼굴 옆에 대보며 깔깔 웃었다. 속도 없지. 요새 애들은 이런 걸 좋아한단 말인가. 소녀 공덕은 도무지 이해할 수 없어 고개를 절레절레 저었다.

"그래서 해골꽃은 어떻게 찾을 거야?"

소녀 공덕이 묻자 바리가 주머니에서 하얀 꽃잎들을 꺼냈다. 빨래 바다에서 챙겨온 꽃잎이었다. 손바닥에 올려 후, 불자 하얀 꽃잎이 날리며 용모파기 종이 뒷면에 그림이 그려졌다. 저승 바다의 구조도였다. 바리는 구조도를 가리키며 설명했다.

"해골꽃을 구하려면 맨 밑에 있는 12층 사약 바당으로 가야 해."

"사약 바다?"

"응. 진짜 사약으로 된 바당이야. 한 모금이라도 마셨다간 영영 혼이 사라지게 돼. 사약 바당의 심해에는 서천 꽃밭이 있어. 서천 꽃밭은 동수자가 위험천만한 식물을 모아 놓은 곳인데 거기에 해골꽃이 숨겨져 있어!"

"잠깐! 사약이라고? 그렇게 위험한 데였어?"

소녀 공덕은 기겁했다.

"저승사자들이 쫙 깔렸는데 사약 바다까진 어떻게 가지?" 팔척이가 묻자, "에이, 바리 마법으로 가면 되잖아!" 가비가 말했다.

바리는 고개를 저었다.

"실은 전에 해 봤는데 사약 바당에 엄청 강한 힘이 깃들어 있는지 마법으로 들어갈 수 없었어. 동수자가 막아 놓은 것 같아. 사약 바당 입구를 통해서만 들어갈 수 있는 것 같았어."

"뭐? 그럼 어떡해?"

가비가 놀라서 소리쳤다.

가장 먼저 해골꽃을 훔치는 걸 찬성해 놓고 막상 일이 닥치니 걱정하는 가비를 보니 소녀 공덕은 기가 차서 말도 안 나왔다.

"대신 다른 방법이 있어!"

바리는 구조도의 통로를 손가락으로 통 쳤다. 모든 바다의 아궁이를 잇는 땔감 통로였다. 바리가 마법을 부리자 구조도의 그림이 살아 움직였다.

"바로 땔감 통로야!"

땔감 통로 안에는 숯 바구니가 달린 동아줄 열 개가 있었다. 열 개의 동아줄은 열 개의 바다와 이어진 것으로, 동아줄은 각 바닷물 색과 같은 색이었다. 긴 동아줄을 쭉 따라 내려가면, 숯 바구니가 올라오는 거대한 아궁이 바다가 있었다.

"저승의 모든 바당에는 아궁이가 있어. 주막 바당에서 요리할 때, 목욕 바당에서 목욕물을 데울 때, 뒷간 바당을 청소할 때도 아궁이 불이 필요해. 아궁이를 지피는 땔감은 전부 10층 아궁이 바당에서 올라오지."

아궁이 바다엔 다양한 모양과 크기의 아궁이가 있었는데, 아궁이 옆에는 장작과 숯이 산처럼 쌓여 있었다. 작은 각얼음 모양의 동장군 하나가 아궁이에서 빨갛게 타는 숯을 삽으로 퍼내면, 다른 동장군이 숯을 바구니에 옮겨 담았다. 동장군들은 그 숯 바구니를 땔감 통로의 동아줄에 매달아 도르래를 돌려서 각 바다로 올려보냈다.

바리는 그림의 아궁이 바다 밑에 있는 갈색 바닷물을 가리키며 비장하게 말했다.

"이 아궁이 바당 밑이 바로 사약 바당이야! 땔감 통로를 타고 아궁이 바당으로 가면 사약 바당까지 한번에 갈 수 있어!"

 땔감 통로

저승 바다에 아침이 찾아왔다.

저승사자들은 밤새 퀭한 눈으로 대역죄인들을 찾아다녔다. 어찌나 꼭꼭 숨었는지 머리카락 한 올 보이지 않았다. 풍산개 대장은 촉촉한 검은색 코에서 하얀 김을 씩씩 뿜었다. 저승사자 대장으로 부임한 지 217년이었다. 그동안 그의 개 코를 뚫고 도망친 귀신은 단 한 녀석도 없었다. 희대의 도적으로 이름을 날리며 해골꽃을 훔치러 왔던 멧돼지 귀신도, 꼬리만 자르고 도망 다니던 도마뱀 귀신도 전부 단칼에 쓰러트린 그였다. 고작 열 살 남짓한 이승의 소녀에게 저승사자들이 농락당하자 풍산개 대장은 날카로운 송곳니를 빠득빠득 갈았다. 무슨 수를 써서라도 놈들을 잡아야만 했다. 저승사자의 명성에 먹칠을 할 순 없었다.

"대역죄인들은 사약 바다로 향할 것이다! 사약 바다로 가는 모든 길목을 차단해라! 방심해선 안 된다! 상대는 마고 선비님을 해치운 악독한 녀석들이다!"

바리와 소녀 공덕 일행은 뜻하지 않았으나 동수자만큼 신출귀몰하고 사악한 귀신으로 오해받고 있었다.

풍산개 대장은 부하들을 시켜 8층 바다 입구를 집중적으로 지키게 했다. 바둑이 저승사자와 검둥이 저승사자가 용모파기를 들고 지나가는 귀신들을 꼼꼼히 살폈다.

"지긋지긋한 뒷간 냄새가 아직도 나는 것 같군! 놈들을 잡아서 목욕부터 시킨 다음! 반드시 극형을 내릴 것이다!"

풍산개 대장은 코를 벌름거렸다. 하나 뒷간 냄새는 정말로 나고 있었다. 불과 몇 발짝 떨어진 곳에 소녀 공덕과 바리 일행이 숨어 있었던 것이다.

"망했어! 하필 저승사자 대장이 여기 있다니."

바리가 말했다.

이곳은 8층 목욕 바다였다. 귀신들이 몸과 마음의 때와 시름을 씻어 내는 곳이었다. 연두색 쑥탕, 하늘색 얼음탕, 분홍색 온

천탕 등 탕마다 귀신들이 들어가 몸을 덥히고 있었다. 벌거벗은 귀신들의 몸은 목욕탕의 뜨거운 김에 가려 보이지 않았다.

"저승사자가 지키고 있는데 아궁이까지 어떻게 가지?"

바리가 걱정하자 소녀 공덕이 세숫대야를 가리켰다.

"저걸 쓰자!"

목욕 바다에 찾아오는 귀신들은 모양과 크기가 제각각이었다. 그만큼 준비된 세숫대야와 때밀이 수건도 크기가 여럿이었다. 바리와 소녀 공덕 일행은 사람만큼 커다란 세숫대야와 목욕 의자, 때밀이 수건을 뒤집어쓰고 수색하는 저승사자들의 뒤를 오리걸음으로 기어갔다. 소녀 공덕 일행은 풍산개 대장이 돌아보면 멈추고 안 보면 걸어가고를 반복하며 목욕 바다의 땔감 통로에 도착했다.

마침내 이른 땔감 통로에서 뜨거운 열기가 뿜어져 나왔다. 어찌나 뜨거운지 그 열기에 땔감 통로가 이지러져 보였다. 바리는 땔감 통로의 문을 열며 씩 웃었다.

"히힛, 저승사자들도 여긴 생각 못 했을걸?"

으스대는 바리 뒤로 땔감 통로에서 윙, 소리를 내며 빠르게 숯 바구니가 지나갔다. 숯 바구니가 일으키는 바람에 바리가 손에 쥐고 있던 꽃잎 한 움큼이 땔감 통로로 떨어졌다.

"안 돼!"

소녀 공덕이 테왁을 뻗어 겨우 하얀색 꽃잎 한 장을 건졌지만 나머지 꽃잎은 땔감 통로 아래로 떨어져 바스스 재가 되어 사라졌다.

"그렇게 자신 있는 척 나대더니. 잘한다! 잘해!"

가비가 눈썹을 치켜뜨며 고개를 저었다.

"다듬이 도깨비가 구해 준 꽃잎인데! 이제 동수자랑은 어떻게 싸우지?"

바리가 울상이 되어 말했다.

소녀 공덕은 하얀색 꽃잎 한 장을 바리의 손에 쥐여 주었다.

"이게 마지막 꽃잎이야. 절대 함부로 쓰지 말고, 동수자가 나타났을 때에만 써야 해. 알았지?"

"……미안해, 얘들아."

"꽃잎 하나라도 구했으면 됐지. 저승사자 대장은 엄청난 개코여서 금방 쫓아올 거야. 빨리 땔감 통로로 내려가자."

팔척이가 재촉했다.

소녀 공덕과 바리는 땔감 통로의 바구니에 계란이를 태우고 바구니의 동아줄에 매달렸다. 팔척이는 긴 팔다리로 통로의 벽을 디뎌 가며 내려갔고, 몸이 가벼운 가비는 동아줄을 이리저리 오가며 이동했다. 몽생이가 통로 밖 아궁이 옆에서 이빨로 도르래를 돌려 줄을 내려 줬다. 천천히 소녀 공덕 일행이 매달린 숯 바구니가 내려갔다.

밑에서 올라오는 아궁이 바다의 열기에 숨이 막혔다. 화르륵 뜨거운 불기운에 소녀 공덕은 땀을 비 오듯이 흘렸다. 눈앞이 흐려지고 손에서 힘이 빠졌다.

"으으, 너무 더워……."

그때 우웅, 다른 바다의 숯 바구니가 지나갔다.

"조심해!"

가비가 외쳤다. 숯 바구니를 피하다가 소녀 공덕의 손이 쭉 미끄러졌다. 소녀 공덕이 추락했다.

"악!"

"콩떡아!"

바리가 소녀 공덕을 잡으려고 손을 뻗다가 중심을 잃고 떨어졌다.

"아아아아악!"

가비가 휙 몸을 날리며 상모를 돌렸다. 긴 상모 줄이 날아가 바리를 붙잡았다. 팔척이가 가비를 잡고, 가비가 바리를, 바리가 소녀 공덕을 잡았다. 계란이가 들어간 숯 바구니에 귀신 사당패 와 바리, 소녀 공덕은 줄줄이 소시지처럼 매달린 꼴이 되었다.

간신히 위기는 벗어났으나 땔감 통로의 열기 때문에 소녀 공 덕의 손이 미끄러지기 시작했다.

"윽, 미끄러워서 버티기 힘들어……."

가장 밑에 매달린 소녀 공덕은 땔감 통로 벽을 발로 밀며 간 신히 버텼다. 소녀 공덕의 발 모양대로 땔감 통로가 찌그러졌 다. 그러자 통로의 연결 부위가 벌어지며 틈이 생기기 시작했다. 벌어진 틈으로 바깥쪽 바다에 황금색 뒷간 연기가 새어 나가기 시작했다.

땔감 통로 밖은 9층 부채 바다였다.

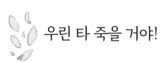 우린 타 죽을 거야!

부채 바다는 동그란 부채, 부채꼴 모양의 접이식 부채 등 다채로운 부채가 줄줄이 걸려 있어 너울거리는 거대한 파도처럼 보였다. 이름처럼 부채의 바다 같은 이곳을 지나던 풍산개 대장은 황금색 연기를 맡고 코를 벌름거렸다.

"뒷간 냄새가 또!"

"이번엔 진짜 저 아닙니다!"

축 처진 눈 때문에 안 그래도 억울하게 생긴 누렁이 저승사자가 더욱 억울한 표정을 지었다.

풍산개 대장은 킁킁대며 노릇노릇한 황금색 연기를 따라갔

185

다. 땔감 통로의 벌어진 틈에서 나오는 냄새였다. 땔감 통로의 틈새에 눈을 갖다 대자 소녀 공덕과 바리 일행이 줄에 매달려 있는 게 보였다.

"잡았다, 요놈들!"

풍산개 대장의 얼굴에 사악한 미소가 만개했다. 대장은 스릉, 새로 차고 온 칼을 꺼냈다. 저승 바다의 장인이 만든 칼 중 가장 날카로운 것으로 골라온 칼이었다. 풍산개 대장은 서늘하게 빛나는 칼을 크게 휘둘러 땔감 통로를 서걱 잘라 버렸다. 통로가 잘리면서 칼날 끝에 걸린 동아줄도 투두둑 잘렸다. 하필 소녀 공덕 일행이 매달린 동아줄이었다.

툭, 투둑. 동아줄이 끊어지기 시작했다.

"줄이 끊어지려고 해!"

가비가 외쳤다.

소녀 공덕은 위를 올려다봤다.

"이놈들!! 여기로 도망치면 못 찾을 줄 알았더냐?"

잘린 땔감 통로에서 풍산개 대장이 고개를 내밀고 외쳤다. 저승사자들이 땔감 통로의 다른 동아줄들을 타고 내려오기 시작했다.

"또 저승사자야! 지긋지긋한 놈들! 빨리 아래로 가야 해!"

소녀 공덕이 내려가려고 하자 밑에서 화악, 아궁이 바다의 불길이 치솟았다.

　"앗! 뜨거워!"

　그사이 아궁이 바다로 내려간 바둑이 저승사자가 동장군을 시켜서 불길을 키우고 있었다.

　"불길을 세게 해라! 어서!"

　동장군들은 바둑이 저승사자가 시키는 대로 숯을 더 넣었다. 소녀 공덕은 조금만 내려가도 불길에 타 죽을 것 같았다.

　"올라가! 올라가!"

　소녀 공덕이 외쳤다.

　"내려가! 내려가!"

　가비가 외쳤다.

　"으으, 힘들어……!"

　중간에 끼인 바리는 몸이 찌그러진 채 괴로워했다. 위에선 내려오고 밑에선 불을 붙이니 꼼짝도 할 수 없었다. 안 되겠다 싶은 소녀 공덕이 팔을 뻗어 저승사자들이 내려오던 동아줄들을 꼬아 버렸다. 저승사자들이 매달린 동아줄이 빙글빙글 돌며 엉키기 시작했다.

　"으아아아!"

"대장, 토할 것 같습니다!"

저승사자들은 어지러워 눈이 골뱅이 모양이 되었다.

"네 놈들이 감히!"

보다 못한 풍산개 대장이 나섰다. 부채 바다에서 소녀 공덕이 매달린 동아줄로 뛰어든 것이다.

풍산개 대장이 계란이가 탄 숯 바구니에 올라타 "너희들을 당장 동수자님께…!" 하고 외치자마자 툭! 동아줄이 끊어졌다.

"으아아아아아아아악!"

소녀 공덕 일행과 풍산개 대장이 한꺼번에 추락했다. 하필 풍산개 대장 바로 아래서 뜨거운 숯 바구니가 올라오고 있었다. 뜨거운 숯에 닿으면 털 한오라기까지 타서 없어질 것이었다.

"네 놈들 때문에 숯에 타서 죽게 되는구나! 원통하도다!"

그때 바리가 마지막 하얀 꽃잎을 꺼내 후, 불었다.

하얀 꽃잎이 회오리를 일으켜 풍산개 대장을 다른 동아줄에 있던 누렁이 저승사자의 품으로 옮겼다.

"이, 이럴 수가……!"

풍산개 대장은 대역죄인 바리가 자신을 구했다는 사실을 믿을 수 없었다. 바리는 마지막 남은 꽃잎으로 풍산개 대장을 구하고 소녀 공덕 일행을 구하려 했다. 하지만 꽃잎은 대장을 구하고는 어디론가 날아가 사라져 버렸다.

"앗!"

소녀 공덕과 바리 일행은 땔감 통로의 바닥에서 활활 타오르는 아궁이 불길로 떨어졌다.

"으아아악! 우린 타 죽을 거야! 이번 혼은 완전히 망했다고!"

가비가 떨어지면서 소리쳤다.

소녀 공덕은 떨어지면서 바리와 가비를 몸으로 감쌌다. 소녀 공덕 일행은 빠르게 추락해 쿵! 아궁이 바닥의 불길로 떨어졌다.

"앗, 뜨거워! 뜨거워!"

가비가 엄살을 떨다가 이상함을 느끼고 말했다.

"뭐야? 왜 엉덩이가 차갑지?"

소녀 공덕도 마찬가지였다. 어째서인지 뜨거운 불길이 느껴지기는커녕 엉덩이가 차가웠다. 눈을 떴더니 아궁이 바닥의 새빨간 불길은 사라지고 땔감 통로 바닥에 하얀 눈이 소복하게 쌓여 있었다.

"얘들아, 눈이야!"

바리의 말에 모두 눈을 떴다.

"어떻게 된 거지?"

소녀 공덕이 동그래진 눈으로 물었다.

바리가 땔감 통로 밖인 아궁이 바다를 가리켰다. 어느새 달려온 몽생이가 저승사자를 물리친 것이었다. 몽생이가 멋지게 뒷발을 걷어차자 한쪽 눈에만 얼룩무늬가 있던 바둑이 저승사자의 다른 쪽 눈에도 멍이 생겼다. 덕분에 바둑이 저승사자는 양쪽 눈에 똑같은 얼룩무늬가 있는 것처럼 보였다. 몽생이가 바둑이 저승사자를 쓰러트리자 동장군들이 눈바람을 일으켜 불길을 꺼서 소녀 공덕과 바리 일행을 구할 수 있었다.

"히힝, 히히힝!"

몽생이가 뻐기며 울었다.

"정말? 몽생이 말을 듣고 동장군들이 도와 줬대! 고마워, 몽생아. 고마워요, 동장군님들!"

각얼음 모양의 동장군들이 생글생글 웃으며 눈바람을 일으켰다.

"고맙수다!"

소녀 공덕이 꾸벅 인사했다.

으윽, 위에서 신음이 났다. 저승사자들은 아직 동아줄에 엉켜 있었다.

"그나저나 바리 너 이제 어떡할 거야? 마지막 꽃잎을 저승사자를 구하는 데 쓰다니 참 나. 동수자님이랑 싸울 때 쓸 거라며?"

가비가 말했다.

"그래도 다치게 둘 순 없잖아, 헤헤."

바리가 혀를 쏙 내밀며 뒤통수를 긁었다.

"하여간 오지랖 대마왕이라니깐. 이러니 할망이 잔소리하지. 어휴 답답해!"

가비가 가슴을 치며 화를 내자, "가비, 네가 웬일로 맞는 말을 다 하는구나!" 하고 소녀 공덕이 말했다.

소녀 공덕과 가비는 바리에게 잔소리할 때만은 찰떡궁합이었다.

"시간이 없어! 빨리 사약 바다로 가자."

팔척이 말에 소녀 공덕과 바리 일행은 사약 바다로 달려갔다. 누렁이 저승사자기 품에 안긴 채 풍산개 대장이 바리와 가비의 대화를 듣고 있었다.

"차라리 우리에게 붙들리는 편이 나았을 터인데……. 제 발로 화를 자초하는구나."

풍산개 대장은 혼잣말을 하며 눈을 지긋이 감았다.

 사약 바다

소녀 공덕과 바리 일행은 사약 바다 지붕에 도착했다.

육지처럼 걸어 다닐 수 있었던 다른 바다와 달리 사약 바다는 헤엄쳐야 다닐 수 있었다. 짙은 갈색 바닷물 때문에 바다의 끝이 보이지 않았다.

"으, 사약 냄새가 여기까지 진동해."

가비는 코를 잡으며 인상을 썼다.

"저 아래 해골꽃이 숨겨져 있단 거지? 얼른 내려가 보자!"

팔척이가 말하자 소녀 공덕이 손사래 쳤다.

"됐어. 너흰 물질 못하잖아. 바당이 얼마나 위험한데. 게다가 사약 바당이잖아. 너희도 누군가의 가족일 텐데 내 욕심으로 여기까지 끌고 와서 너무 고생시켰어. 그러니 너흰 여기서 기다려. 내가 알아서 할게."

가비와 팔척이, 계란이는 먹먹한 표정으로 소녀 공덕을 봤다.

"바리 너도 가만히 기다리고 있어. 알았지……?"

소녀 공덕의 말이 끝나기도 전에.

풍덩! 바리가 말없이 사약 바다에 뛰어들었다.

"바리야! 위험하다니깐! 진짜 누굴 닮았는지!!"

소녀 공덕도 수경을 내려 쓰고 바다로 들어갔다.

소녀 공덕과 바리가 사라진 사약 바닷물 위에 동그란 물결이 일다가 사라졌다.

"닮긴 누굴 닮아. 둘 다 고집 센 건 똑같구먼."

가비가 투덜거리며 사약 바다를 봤다.

"무사히 다녀와야 할 텐데……."

팔척이가 걱정스러운 얼굴로 말하자 몽생이와 계란이도 고개를 끄덕였다. 소녀 공덕은 숨을 참고 심해로 내려갔다. 사약 바다는 정말 한 치 앞도 보이지 않을 만큼 탁했다. 저 앞에 바리가 보였다. 소녀 공덕을 발을 움직여 속력을 내어 바리를 따라잡았다.

바리와 함께 한참을 내려가자 설경 같은 꽃밭이 펼쳐졌다.

'동수자의 서천 꽃밭……!'

소녀 공덕은 황홀한 듯 서천 꽃밭을 바라봤다. 다양한 모양의 하얀색 꽃이 눈밭처럼 펼쳐져 있었다. 짙은 갈색 바닷물과 대조되어 하얀 꽃밭에서 빛이 나는 것 같았다. 갈색 바닷물이 이리저리 파도칠 때마다 하얀 꽃잎이 눈송이처럼 흩날려 아름다웠다.

바리도 진귀한 광경에 넋을 잃고 감탄했다. 바리가 꽃을 만지려고 손을 뻗으려 할 때, '안 돼!' 소녀 공덕의 바리의 손을 잡고 고개를 저었다. 자세히 보니 하얀 꽃 옆에 허옇게 말라붙은 사람 뼈가 있었다.

'백골!'

바리는 소름이 쫙 끼쳐서 뒤로 물러섰다. 자세히 보니 하얀색 아리따운 꽃잎 사이에서 갈색 사약 바닷물이 솟아나고 있었다. 바리의 얼굴이 백지장처럼 새하얗게 바래자 소녀 공덕이 바리의 손을 끌고 사약 바다 위로 올라갔다.

"함부로 만지면 안 돼. 해골꽃이 아닌 다른 꽃을 만지면 백골이 되는 것 같아."

소녀 공덕이 말했다.

"사약의 독 때문일 거야. 꽃에서 사약이 나오고 있는 것 같아."

바리는 가슴을 쓸어내렸다.

"위험하니까 바리 넌 지붕에서 기다려. 나 혼자 찾아볼게."

"난 숨이 길고, 넌 위치를 기억하니까, 같이 해야 해골꽃을 찾을 수 있어."

"안 돼! 바당이 얼마나 위험한데!"

바리는 혼난 강아지 같은 표정을 지었다. 안 된다는 말에 상처를 받은 것 같았다. 소녀 공덕은 습관처럼 안 된다고 말한 것을 후회했다.

"바리야, 내 말은……, 네가 못한다는 게 아니라……."

"알아. 넌 할망의 심부름꾼이니까 걱정하는 거잖아. 그러니까 할망 대신 네가 말해 줘! 바리 넌 할 수 있다고!"

바리의 목소리가 떨렸다.

'바리도 많이 두렵구나. 나처럼…….'

소녀 공덕도 무섭긴 마찬가지였다. 하지만 소녀 공덕에게 가장 무서운 것은 바리를 잃는 것, 아니 바리가 상처받는 것이었다. 소녀 공덕은 눈을 감고 생각하다가 바리의 손을 꼭 잡았다. 바리의 손도, 소녀 공덕의 손도 떨리고 있었다.

"……그래, 바리 넌 할 수 있어. 우리는 할 수 있어!"

소녀 공덕이 바리의 눈을 바라보고 말했다.

"······대신 숨비 소리를 알려 줄게. 숨비 소리 내는 법을 모르면 물질하기 힘들어. 자, 입을 모으고 휘파람처럼 이렇게 소리 내면서 숨을 쉬어 봐."

소녀 공덕이 숨비 소리를 내자 호이- 호이- 쇳소리 같은 소리가 났다.

호오오이- 호오오오이- 바리도 따라서 숨비 소리를 냈다. 바리는 타고난 숨이 길어 소녀 공덕보다 훨씬 더 긴 소리를 낼 수 있었다.

"그렇지! 잘했어!"

"신기하다! 사람마다 숨비 소리가 다 다르구나. 난 이렇게 호오오오이- 길고, 넌 꼭······."

바리는 말을 하다 말고 소녀 공덕을 봤다.

"······아, 아냐. 얼른 들어가자!"

바리와 소녀 공덕은 동시에 바다에 들어갔다. 광활한 서천 꽃밭 위에서 두 사람은 자맥질을 하며 눈으로 해골꽃을 찾기 시작했다.

귀신 사당패는 사약 바다 지붕에서 소녀 공덕과 바리를 기다리고 있었다.

"빨리 안 나오고 뭐 하는 거야?"

가비는 초조해서 손톱을 물어뜯었다.

팔척이가 손가락으로 숫자를 세더니 고개를 갸웃했다.

"근데 좀 이상한데?"

"뭐가?"

"12층 바다에 해골꽃이 있댔는데, 사약바다는 11층이야."

"뭐? 잘못 센 거겠지."

"그런가? 다시."

팔척이가 손가락으로 다시 세기 시작했다. 팔척이의 손가락이 부족하자 계란이와 몽생이도 손과 발을 빌려주었다.

"1층 주막 바다, 2층 이불 바다, 3층 풍류 바다……."

소녀 공덕과 바리는 자맥질을 수 차례 반복했다. 설경 같은 꽃밭에서 해골꽃을 찾아내기란 보통 어려운 일이 아니었다. 반짝이는 흰색 꽃들 때문에 눈이 멀어 버릴 정도로 부시는 데다 어디를 찾고 있었는지 위치를 기억하기도 어려웠다.

한참을 수면 위와 서천 꽃밭을 오가던 소녀 공덕의 눈에 무언가 들어왔다. 하얀 꽃밭에 붉은 산호초가 나무처럼 서 있었다. 소녀 공덕은 나무처럼 거대한 산호초를 향해 헤엄쳐 갔다. 가까이 다가 보니 산호초 가지 하나에 기이한 꽃 한 송이가 피어 있었다. 하얀 뼈로 이뤄졌으며, 봉오리가 해골처럼 생긴 꽃이었다.

'해골꽃!'

빨간 산호초 가지에 피어 있는 해골꽃을 보자 으스스해졌다. 붉은 산호 가지가 바닷물에 흔들릴 때마다 해골에서 피가 흘러나오는 것처럼 보였다. 소녀 공덕은 산호초 위에 앉아 빗창(해산물을 캐는 도구)으로 해골꽃을 캐기 시작했다. 해골꽃은 산호초 가지에 단단히 붙어 있어 쉽게 캐지지 않았다. 소녀 공덕이 혼자 애쓰는 것을 보고 바리가 다가와 손을 보탰다. 소녀 공덕과 바리는 힘껏 해골꽃을 잡아당겼다.

'조금만 더……!'

뽑힐 듯 말 듯 들썩이더니 드디어 해골꽃이 뽑히기 시작했다. *쿠구구구구*- 해골꽃이 핀 산호초가 일어나며 땅이 들리기 시작했다.

휘이이잉!

저승 바다에 검은 바람이 불어닥쳤다. 가옥에 걸린 모든 초롱불이 꺼졌다. *쿠구구구구*- 엄청난 진동에 저승 바다의 귀신들은 사방으로 넘어졌다.

풍산개 대장과 저승사자들도 거대한 지진에 놀라 사약 바다를 내려다봤다. 귀신 사당패는 사약 바다 지붕에서 여전히 손발을 모아 숫자를 세고 있었다.

"10층 아궁이 바다, 11층 사약 바다…. 어라? 진짜 안 맞네?"

가비가 한쪽 눈썹을 올리며 말했다.

"잠깐, 12층은 설마……?"

뭔가 생각하던 팔척이가 말을 멈췄다.

사약 바다에서 바리와 소녀 공덕이 다급히 올라왔다. 소녀 공덕이 소리쳤다.

"피해! 빨리!"

쿠구구구구구- 저승 바다의 흔들림이 더욱 강해졌다. 지진의 근원이 다가오는 것처럼 진동도 점차 가까워졌다. 사약 바다의 갈색 수면이 거칠게 요동치더니 커다란 물보라가 일었다.

"12층 바다가 동수자……?"

팔척이가 넋 나간 얼굴로 말했다.

해골꽃이 머리 뿔에 달린 동수자가 사약 바다에서 올라오고 있었다.

# 동수자 등장

쿠구구구구- 크르르르릉-

저승 바다가 무너질 것처럼 흔들렸다. 저승 가옥을 감싼 검은 안개가 더욱 짙어졌다. 안개에서 뿜어져 나오는 독성에 갈대 바다의 갈대밭이 새카맣게 말라 버렸다. 저승 바다의 귀신들은 동수자가 나타나자 오들오들 떨며 납작 엎드렸다. 귀신 사당패도 고개를 조아렸다.

동수자는 심해에 사는 뱀처럼 생긴 괴물이었다. 동수자는 기다란 몸을 구불구불 움직이며 저승 가옥의 'ㅁ'자 공간으로 몸을 일으켰다. 그가 움직일 때마다 저승 바닷물이 철썩이고 우르릉 번개가 쳤다. 동수자의 몸을 뒤덮은 비늘마다 수려한 꽃이 피어 있었다.

"도, 동수자……! 서천 꽃밭이 동수자의 몸이었어……!"

바리는 다리에 힘이 풀려 주저앉았다.

동수자의 몸 전체가 서천 꽃밭이었으며 해골꽃이 피어 있던 붉은 산호초는 그의 뿔이었던 것이다.

스스스- 스스스스- 동수자는 끝이 갈라진 긴 혀를 날름거렸다. 지독한 악취가 풍겨 나왔다. 동수자는 하얀 막이 덮인 것처럼 뿌연 눈으로 바리와 소녀 공덕을 내려다봤다. 번들거리는 허연 눈동자에 겁에 질린 소녀 공덕과 바리의 얼굴이 비쳤다. 눈에서 어마어마한 살기를 느낀 소녀 공덕은 칼에 베인 듯 몸을 떨었다. 하나 바리는 그 눈을 보고 낯익은 기분을 느꼈다.

"……?"

"바리야, 내 뒤에 있어. 무슨 일이 있어도 내가 지켜 줄게."

소녀 공덕이 바리 앞에 서며 떨리는 목소리로 말했다.

동수자가 커다란 입을 벌렸다. 얼굴의 반이 갈라지듯 쫙 벌어진 입에서 회오리바람이 나왔다.

"도망쳐!"

소녀 공덕이 바리를 잡아끌고 달렸다.

충격을 받아 멍한 얼굴로 달리던 바리가 문득 발을 멈췄다.

소녀 공덕이 바리를 돌아봤다.

"안 돼. 도망치면 안 돼."

바리가 구석을 가리켰다. 소녀 공덕은 바리가 가리킨 곳으로 고개를 돌렸다. 동장군들과 어린 다듬이 도깨비가 구석에 숨어 떨고 있었다.

"동장군도 다듬이 도깨비도 목숨을 걸고 우릴 도왔는데, 이렇게 도망칠 순 없어. 해골꽃을 가져와서 동수자를 막아야 해!"

바리가 말했다.

"위험……." 소녀 공덕의 말도 듣지 않고, 바리는 이번에도 먼저 동수자의 머리로 뛰어올랐다. 바리는 맨손으로 해골꽃을 뽑으려 안간힘을 썼다. 손에 힘을 주고 발로 뿔을 밀면서 해골꽃을 뽑으려 했으나 동수자는 파리를 쫓듯 머리를 흔들어 바리를 털어 냈다.

"악!"

바리가 사약 바다 지붕으로 맥없이 날아가 떨어졌다. 바리는 포기하지 않고 동수자에게 다시 달려들었다.

바리가 고군분투하는 것을 보고 소녀 공덕도 빗창을 쥐고 동수자에게 뛰어올랐다. 소녀 공덕은 빗창으로 단단한 비늘을 찍어 해골꽃을 캐려고 했다. 동수자가 머리를 털자 소녀 공덕은 동수자의 몸을 따라 아래로 쭉 미끄러졌다. 소녀 공덕은 빗창을 동수자의 몸에 찍어 암벽등반을 하듯 머리로 기어 올라갔다. 바리도 동수자의 뿔에 달라붙어 해골꽃을 따려고 했다. 두 사람은 몸에 멍이 들고 생채기가 나도 포기하지 않았다. 하지만 동수자가 조금만 몸을 틀어도 두 사람은 저만치 떨어져 나가 손을 쓸 수 없었다.

겁에 질려 숨어 있던 저승의 귀신들은 그 모습을 보며 주먹을 꽉 쥐었다.

"으윽……."

소녀 공덕과 바리는 저승 가옥으로 내동댕이쳐졌다. 만신창이가 된 두 사람은 팔다리가 후들거려 일어날 수 없었다. 동수자가 '캬아아악!' 소리를 내질렀다.

귀가 찢어질 듯 날카로운 포효 소리에 소녀 공덕의 온몸이 얼어붙었다. 활짝 벌린 동수자의 입 안에 창처럼 길고 뾰족한 독니가 보였다. 갈색 독이 뚝뚝 떨어지는 독니가 소녀 공덕과 바리를 향해 빠르게 다가왔다. 이제 끝이구나. 소녀 공덕은 바리를 감쌌다.

"멈춰!"

가비와 팔척이가 구석에서 통나무를 가져와 동수자의 입으로 던졌다.

콰직, 동수자는 소녀 공덕과 바리 대신 날아오는 통나무를 깨물었다.

"콩떡아, 바리야 도망쳐!"

가비가 외쳤다.

"훗, 내 차례인가?"

팔척이는 뒤로 흘러내린 갓을 고쳐 썼다. 진지한 눈빛으로 돌변한 팔척이는 아궁이에서 숯 바구니를 꺼내 왔다. 팔척이는 긴 팔을 붕붕 돌려 아궁이에서 가져온 뜨거운 숯덩이를 동수자에게 던졌다.

캬아아악! 동수자가 노여워하며 팔척이 쪽으로 용트림처럼 고개를 틀었다.

이번엔 계란이가 공중제비를 돌아 동수자의 시선을 끌었다. 훈제란이 된 계란이는 깨질 위험 없이 마음껏 공중제비를 하며 저승 가옥의 'ㅁ'자 난간을 따라 돌았다. 팔척이가 날아오는 계란이를 한 번에 착 받았다. 늘 엉켜 넘어졌지만 이번엔 제대로

206

해냈다.

　동수자는 계란이를 쫓아 고개를 빙글빙글 돌리다 어지러워 주춤했다. 그때를 놓치지 않고 가비가 상모 줄을 돌려 동수자의 고개를 붙잡았다.

　"동수자를 잡았어!"

　가비가 외치자마자, 동수자가 몸에 힘을 주어 목에 감긴 상모 줄을 끊어 버렸다.

　크아아아악! 동수자의 분노가 극에 달했다. 그의 포효 소리에 쿠구궁 저승 바다에 거대한 지진이 일었다. 동수자가 입을 한껏 벌려 귀신 사당패를 물려고 머리를 뻗었다.

　"으악! 귀신 사당패 살려!"

　줄행랑을 치는 귀신 사당패를 따라 동수자가 입을 벌리고 쫓아갔다. 성난 동수자의 이빨에 저승 바다 가옥이 콰지직 콰지직 부서졌다. 귀신 사당패가 동수자에게 잡아먹힐 것 같자 소녀 공덕은 급하게 두리번거렸다. 소녀 공덕의 눈에 땔감 통로가 들어왔다.

　"바리야! 동수자를 주막 바다 아궁이로 유인해 줘! 할 수 있지?"

　"응! 나만 믿어!"

바리가 씩 웃고는 휘파람을 불었다.

"몽생아!"

몽생이가 날쌔게 달려왔다. 바리는 몽생이의 등에 훌쩍 올라 탔다.

"어이, 동수자! 엉뚱한 데서 뭐 하는 거야? 대역죄인은 나거든? 잡으려면 날 잡아야지! 마고 선비도 내가 해치웠다고!"

바리가 외치자, 스스스– 동수자가 고개를 돌렸다. 동수자는 살기등등한 허연 눈으로 바리를 노려봤다.

"으악! 몽생아, 빨리 가자!"

있는 대로 폼은 다 잡았지만 막상 동수자가 째려보니 무서웠다. 바리가 몽생이의 갈기를 잡자 "히히힝!" 몽생이가 앞발을 들며 용맹하게 울었다. 제주에서 으뜸가는 조랑말의 실력을 보여 줄 차례였다. 다가닥 다가닥 몽생이는 제주의 성난 파도보다 더 빠르고 오름에서 불어오는 된바람보다 날쌔게 달리기 시작했다.

동수자는 몽생이를 따라 고개를 이리저리 돌렸다. 바리는 몽생이를 타고 '갈 지(之)'자 모양으로 달리면서 저승 바다의 1층으로 올라갔다. 동수자가 저승 가옥 바깥에서 몸으로 가옥을 휘감으며 바리를 바짝 쫓았다. 동수자는 바리와 몽생이의 바로 뒤까지 따라붙었다.

　바리가 뒤를 돌아보며 외쳤다.

　"몽생아! 더 빨리!"

　소녀 공덕도 귀신 사당패를 데리고 1층으로 올라갔다. 소녀 공덕은 세로로 길게 붙은 땔감 통로를 벽에서 떼어 내기 시작했다.

　"이걸로 뭐 하게?"

　가비가 물었다.

　"생각이 있어. 빨리 뜯어!"

　귀신 사당패도 소녀 공덕을 따라 땔감 통로를 떼어 내려고 했다. 끙차- 아무리 힘을 줘도 저승 바다 전체를 잇는 땔감 통로는 꿈쩍도 하지 않았다.

　"우리 힘으론 부족해. 어떡하지?"

　팔척이가 두 손으로 갓을 쓴 머리를 감싸며 말했다.

　그때였다. 저승 바다의 귀신들이 달려와 돕기 시작했다. 아궁이 바다의 동장군들도, 빨래 바다의 도깨비들도, 연꽃 나루터에서 만났던 박새 선비와 고양이 아씨도, 이불 바다의 토끼 귀신과 이불 수레를 끌던 흑돼지 귀신도, 징을 치던 오징어 주모 귀신도 달려와 땔감 통로를 떼어 내는 데 힘을 보탰다.

"저승 바다의 귀신들이 도와주고 있어! 다들 동수자에게 해방되고 싶었던 거야!"

소녀 공덕은 가슴이 벅차올랐다. 바리의 선한 마음이 저승 귀신들을 변화시키고 있었다.

"으아아아! 콩떡아! 나 곧 잡힐 것 같아!"

바리가 달려오며 외쳤다. 동수자가 몽생이 꼬리 뒤에서 입을 벌리고 바짝 쫓고 있었다.

"지금이야!"

소녀 공덕이 외쳤다.

바리와 저승 귀신들은 동시에 땔감 통로를 떼어 냈다. 바리를 태운 몽생이가 지나자마자 땔감 통로가 쿠우웅 육중한 소리를 내며 동수자 머리 위로 떨어졌다. 땔감 통로에 머리를 맞은 동수자가 정신을 잃고 쓰러졌다.

그 틈에 소녀 공덕이 동수자의 뿔에 올라가 빗창으로 해골꽃을 캐려고 했다. 동수자가 금세 눈을 뜨고 일어나려 하자 귀신들이 매달려 땔감 통로를 눌렀다. 그러나 동수자의 괴력에 땔감 통로는 부서지고 귀신들은 저만치 날아갔다.

크아아아아아아악! 동수자가 포효하자 쿠르릉 쾅! 번개가 저승 바다에 내리꽂혔다. 감히 하찮은 것들이 저승 바다의 신에게 대항한 죄를 치를 차례였다. 동수자의 비늘에 핀 꽃이 활짝 만개하더니 갈색 사약이 흘러나왔다.

"사약 바닷물이야!"

바리가 절망적으로 말했다.

사약 바닷물이 회오리치며 저승 바다를 뒤덮었다. 저승의 모든 바닷물이 사약 바닷물로 변해갔다. 탁한 갈색을 띤 사약 바다 안에서 귀신들은 한 치 앞도 볼 수 없었다.

"크윽, 큭……."

"숨을 못 쉬겠어."

"흐윽……."

팔척이가 긴 한삼으로 계란이와 가비의 코를 막았지만 정신을 잃고 말았다. 팔척이도 시야가 흐려지더니 사약 바닷물을 마시고 눈을 감았다. 땔감 통로에 힘을 모았던 저승 귀신들도 몽생이도 모두 사약 바닷물을 마시고 쓰러졌다. 저승 귀신들은 몸이 투명하게 옅어지며 혼이 소멸되어 갔다. 해골꽃을 캐던 소녀 공덕도 동수자 머리에서 떨어졌다. 숨이 긴 바리만 남았다. 바리는 친구들이 하나둘 쓰러지는 모습에 절망해 주저앉았다.

동수자는 목을 꺾어 바리를 노려봤다. 동수자의 허연 눈동자에 비친 자신의 모습을 보며 바리는 눈을 질끈 감았다. 뜨거운

눈물이 흘러나왔다.

'나 때문이야……. 다 끝났어…….'

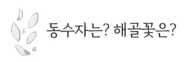

동수자는? 해골꽃은?

"크흑……."

커다란 하얀색 앞발이 바리의 발을 잡았다. 풍산개 대장이었다. 풍산개 대장은 혼신의 힘을 다해 바리에게 기어와 앞발을 내밀었다. 백설기에 박힌 콩알 같은 검은색 발바닥에 하얀색 꽃잎 한 장이 쥐어져 있었다.

바리는 놀란 눈으로 풍산개 대장을 쳐다봤다.

"날 구할 때 썼던 꽃잎이오……. 부디 저승 바다를 지켜 주시오……."

힘겹게 말하던 풍산개 대장은 사약 바닷물을 마시고 털썩 쓰러졌다.

크아아아아아악! 동수자가 바리를 향해 천천히 징그러운 입을 벌렸다.

모든 일이 한순간에 벌어졌다.

떨어진 줄 알았던 소녀 공덕이 동수자의 머리로 올라왔다. 소녀 공덕은 마지막 힘을 모아 해골꽃을 향해 빗창을 휘둘렀다. 마침내 빗창에 들려 해골꽃이 뽑혔다. 해골꽃이 피어 있던 뿔이 살짝 들리며 그 아래 줄무늬 비늘이 보였다.

"……!"

그것을 보자 바리의 머리에 무언가 떠올랐다.

소녀 공덕이 바리에게 해골꽃을 있는 힘껏 던졌다.

"바리야! 받아!"

바리는 힘껏 뛰어올라 해골꽃을 받았다. 바리가 해골꽃을 받는 걸 확인한 소녀 공덕은 물숨을 마시고 눈을 감았다. 소녀 공덕은 동수자의 머리에서 떨어져 심해로 가라앉았다. 해골꽃을 뺏으려고 동수자가 독니를 드러내며 바리를 덮쳤다. 바리는 풍산개 대장이 준 하얀 꽃잎을 후- 불었다. 하얀 꽃잎 하나가 무지개 빛깔의 수천수만 개의 꽃잎으로 변했다. 돌풍 같은 꽃잎 회오리가 일어나 동수자를 감쌌다. 해골꽃을 잃은 동수자는 바리의 마법 공격을 받자 괴로워 몸부림쳤다.

크아아아아! 사약을 뿜어내던 동수자의 비늘이 유리처럼 산산이 깨지며 흩어지더니 이내 재가 되어 사라졌다. 거대했던 동수자는 힘을 잃고 서서히 작아졌다. 이윽고 동수자는 검은 안개에 휩싸인 작은 줄무늬 바다뱀으로 변했다. 본래 모습으로 돌아간 줄무늬 바다뱀은 나풀나풀 바닷물에 휩쓸려 심해로 가라앉았다.

동수자가 사라지자 12층 저승 바다를 감싸고 있던 우중충한 검은 안개도 사라졌다. 바리가 만들어 낸 꽃잎 회오리가 저승 바다에 거대한 바람을 일으켰다. 갈색 사약 바닷물로 뒤덮였던 저승 바다는 층층이 쌓인 비단색 같았던 아름다운 모습을 되찾았다. 혼이 소멸되어 가던 저승 귀신들도 하나둘 눈을 뜨고 깨어났다. 귀신 사당패와 풍산개 대장, 저승사자들도 정신을 차리고 몸을 일으켰다. 소녀 공덕은 줄무늬 바다뱀과 나란히 심해로 가라앉았다. 아무것도 보이지 않는 심연 속에서 소녀 공덕의 품에 있던 소라 향초의 파리한 촛불만 보였다. 향초는 훅 닳아 없어졌고 촛불은 희미하게 빛을 발하며 금방이라도 꺼질 듯 흔들렸다. 소녀 공덕의 머리카락도 완전히 새하얗게 변했다.

저승 바다에서 비쳐 오는 빛줄기 속에서 바리가 헤엄쳐서 내려왔다. 바리는 소녀 공덕과 줄무늬 바다뱀을 데리고 저승 바다 1층으로 올라갔다. 바리는 1층 바닥에 소녀 공덕을 뉘었다. 바리는 토끼 귀신이 건넨 이불로 소녀 공덕의 몸을 감쌌다. 귀신 사당패는 곁에서 걱정스러운 눈으로 소녀 공덕이 깨어나기를 바라며 지켜봤다.

마침내 소녀 공덕이 쿨럭, 사약 바닷물을 뱉으며 눈을 떴다.

"어? 동수자는? ……해골꽃은?"

소녀 공덕이 쌕쌕 쇳소리를 내며 물었다.

"짜잔! 나만 믿으라고 했지? 동수자도 물리쳤어!"

바리가 해골꽃을 보여 주며 혀를 쏙 내밀었다.

"……바리야! ……정말 해냈구나!"

소녀 공덕은 목이 메었다.

"잘했어! 정말정말 잘했어, 바리야! 진짜 너무 멋있어!"

소녀 공덕은 바리를 끌어안았다.

"게다가 저승 바다도 원래대로 돌아왔어. 동수자가 차지하기 전으로 말이야."

팔척이가 웃으며 말했다.

소녀 공덕은 저승 바다를 둘러봤다. 꺼졌던 처마 등에 초롱

불이 차례로 들어와 화사하게 반짝였다. 부서졌던 가옥의 지붕과 바닥, 땔감 통로도 완전히 복구되었다. 서천 꽃밭이 있던 자리에는 아름다운 산호초와 심해 꽃이 피어났다. 소녀 공덕은 바리가 손에 든 줄무늬 바다뱀을 보며 물었다.

"한데 흉악한 동수자가 원래 이렇게 작은 뱀이었단 말이야?"

바리가 줄무늬 바다뱀을 어루만졌다. 바리의 손에서 은은한 분홍빛 기운이 퍼져 나왔다. 바리는 분홍빛 기운에 감싸인 줄무늬 바다뱀을 안타깝게 바라보며 이야기를 들려주었다. 바리는 동수자의 눈을 처음 봤을 때 낯익은 기분을 받았다. 그리고 동수자의 뿔 아래 줄무늬 비늘을 봤을 때 동수자의 정체를 깨달았다.

동수자는 어린 바리가 조개 바구니에 담겨 바다에 보내졌을 때 만난 줄무늬 바다뱀이었다. 줄무늬 바다뱀은 풍랑을 만나 바다에 빠진 바리를 구해서 뒤집힌 조개 바구니에 실어 주었다. 그러나 곧이어 다가온 거센 파도에 휩쓸려 목숨을 잃고 심해로 가라앉고 말았다.

"나를 구하느라 목숨을 잃은 줄무늬 뱀의 머리에 해골꽃 한 송이가 피어났어. 하늘이 준 선물이었을지도 몰라. 하지만 마음

씨 고왔던 줄무늬 뱀은 해골꽃의 힘에 눈이 멀어 괴물이 되고
말았어. 그 괴물은 저승 바당을 집어삼키고, 동수자라는 이름으
로 불리게 됐지. 이게 줄무늬 뱀이 들려준 이야기야."

바리의 손에서 나온 따스한 기운에 줄무늬 바다뱀을 감싼 검
은 안개가 사라졌다. 줄무늬 바다뱀의 몸이 분홍빛으로 빛나며
투명해지기 시작했다.

"날 구해 줘서 고마웠어. 더는 저승을 괴롭히지 말고, 있어야
할 곳으로 편히 돌아가렴."

마침내 줄무늬 바다뱀의 혼이 사라졌다.

　　"뭐야, 저런 악당을 용서하다니……."

　　가비가 울면서 투덜거렸다. 싫은 짓만 골라 하는 악당 동수자였지만 아기였던 바리를 도우려다 저리되었다고 하니 조금은 안쓰러웠다.

　　"바리는 참 훌륭한 아이야. 그렇지?"

　　팔척이가 소녀 공덕을 보며 말했다.

　　"응! 이렇게 훌륭하게 자랐다니! 정말 장한 내 딸, 아니 할망 딸이야!"

　　소녀 공덕은 벅찬 얼굴로 말했다. 어찌나 장한지 눈물이 날 뻔한 것을 간신히 참았다.

　　"나 혼자 한 게 아니야. 우리가 다 같이 한 거야. 작은 꽃잎 하나뿐이었지만 수천 개의 꽃잎으로 피어난 것처럼 모두의 마음이 모여서 동수자를 물리칠 수 있었어. 고마워, 얘들아! 고맙습니다, 귀신님들!"

　　바리가 모두를 둘러보며 말했다. 저승의 귀신들은 바리와 소녀 공덕을 보며 만세를 불렀다.

용궁으로 가는 바다

이제 용궁으로 가야 할 시간이었다. 소녀 공덕과 바리 일행은 저승 바다 선착장으로 갔다. 풍산개 대장과 저승사자들이 험악한 표정을 하고 그들을 기다리고 있었다.

"헉! 설마, 잡아가려고 기다린 거예요?"

바리가 사색이 되어 물었다.

"아닙니다. 바리님은 이제 대역죄인이 아니라 저승 바다의 대은인이십니다."

풍산개 대장이 정중하게 절하며 말했다.

"휴, 다행이다. 참, 저승사자 대장님, 꽃잎을 구해 줘서 정말 고마웠어요.”

풍산개 대장은 근엄한 표정을 지었지만 꼬리를 살랑살랑 흔들었다. 대장의 이런 모습에 충격을 받았는지 저승사자 부대는 술렁였다.

“큼큼.”

풍산개 대장은 부하들을 노려보며 헛기침을 한 뒤 바리에게 말했다.

“바리님께 준비한 선물이 있습니다.”

풍산개 대장이 앞발을 들자 누렁이 저승사자가 바다에서 커다란 잉어를 끌고 왔다. 눈처럼 하얀 비늘에 꽃물을 떨어트린 듯 빨간색 물방울무늬가 있는 잉어였다. 지느러미는 커다란 나비 날개 같았으며 잉어의 등에는 편히 쉴 수 있는 나무 정자가 있었다.

“저승에서 가장 빠른 녀석이니 용궁까지 한나절이면 갈 겁니다. 감사합니다, 바리님, 콩떡님, 그리고 사당패 여러분.”

“당신도 고생 많았소. 저승이 꼭 나쁜 곳만은 아니구려.”

소녀 공덕이 웃었다.

“이제 출발할 시간이야.”

“우리 계란이 또 멀미하겠네.”

팔척이와 가비가 말했다. 아니나 다를까 계란이는 잉어 배에 타자마자 얼굴이 퍼렇게 질렸다. 바리와 소녀 공덕, 몽생이까지 모두 배에 오르자 잉어가 힘차게 지느러미를 움직였다.

"고맙수다! 잘 계시오!"

"안녕히 계세요!"

소녀 공덕과 바리 일행은 저승사자들에게 힘껏 손을 흔들었다. 풍산개 대장과 저승사자들은 한쪽 무릎을 꿇어 정중하게 작별 인사를 했다. 잉어 배가 저승 바다를 출발했다. 잉어는 저승 바다의 수면에 하얀 물보라를 일으키며 용궁을 향해 전속력으로 헤엄쳤다.

어느덧 밤이 되었다. 후두두 빗방울이 동그라미를 그리며 바다에 떨어졌다. 새근새근 쿨쿨 모두 곯아떨어졌건만 소녀 공덕은 잠을 이루지 못했다. 정자 지붕에 빗방울 떨어지는 소리에 소녀 공덕은 몸을 뒤척였다. 눈을 감으면 자꾸만 그날의 바다가 떠올랐다. 커다란 파도가 덮쳐와 사랑하는 가족을 빼앗아 갔던 그 순간이 눈앞을 스쳤다. 놓쳐 버린 오름이의 손, 번개 소리에 묻혔던 남편과 고넹이 목소리가 선명히 들리는 것 같았다.

"허억, 헉⋯⋯."

소녀 공덕은 일어나 정자 구석에 앉았다. 비 내리는 밤바다를 바라보다가 품에서 소라 향초를 꺼냈다. 촛불은 금방이라도 꺼질 듯 희미했고 향초는 거의 바닥을 드러내고 있었다. 시간도, 목숨도 얼마 남지 않았다.

"하아……."

소녀 공덕은 깊은 한숨을 쉬었다.

"콩떡아, 잠 안 와?"

뒤에서 바리의 목소리가 들렸다.

"어? 어……. 너도?"

소녀 공덕이 향초를 테왁에 숨기며 물었다.

"……실은 아까부터 못 잤어."

바리가 일어나며 말했다.

"왜?"

"무서워서……. 용왕님이 날 좋아하실까…? 날 보고 실망하면 어떡하지? 괜히 만났다고 생각하시면 어쩌지? 내가 너무 엉망진창이라 차라리 모르는 척하고 싶어 하면 어떡하지……."

바리는 어깨를 축 늘어트리며 말했다. 바리는 즉흥적이고 이상한 걸 좋아하는 아이였지만 그만큼 생각도 많고 상처도 깊은 아이였다.

"한심하지? 이런 걸 무서워하고……."

바리가 말하자 소녀 공덕이 고개를 저었다.

"……아냐. 무서워하는 게 당연해. 나도 무서운 게 얼마나 많은데."

"콩떡이 네가? 넌 세상에 무서운 게 하나도 없는 줄 알았어. 항상 용감하잖아."

"그야 너를 지키려고 그런 거지. 난…… 바당이 무서워."

"진짜? 해녀가 바당이 무섭다고?"

바리가 눈을 동그랗게 뜨고 물었다.

"응……. 바당이 너무 싫고 무서워. 바당은 내가 사랑하는 것들을 다 빼앗아 갔어. ……그래서 비 내리는 바당을 보면 심장이 멎을 것 같고 숨을 쉬기 힘들어. 이번엔 또 뭘 빼앗아 갈까, 또 어떤 벌을 줘서 나를 괴롭게 할까 하고 말이야……."

자기들끼리 엉켜서 자고 있던 귀신 사당패는 어느새 눈을 뜨고 둘의 대화를 듣고 있었다.

"그런데 바리 넌 씩씩하게 무서운 저승까지 와서, 해골꽃도 구하고, 동수자랑 싸워서 저승 바당도 구했잖아. 넌 정말 멋있는 아이야."

소녀 공덕이 말했다.

"정말 그렇게 생각해?"

"그럼! 할망이 여태 너한테 했던 말들은 다 틀렸어. 할망은 네가 얼마나 멋진 애인지 몰라서 그랬을 거야. 너를 믿어 주지 못해서 할망은 엄청 미안할 거야. 그리고 내가 용왕님이라면……, 넌 정말 자랑스러워할 거야."

소녀 공덕은 바리에게 해 주고 싶은 말이 산더미 같았지만 목이 메어 더 말하지 못했다.

"……고마워, 콩떡아!"

바리는 가지고 있던 해골꽃을 공덕에게 주었다.

"콩떡이 네 도움으로 구한 거니까 네가 갖고 있어 줘."

소녀 공덕은 고개를 끄덕이며 해골꽃을 받아 테왁에 담았다.

"어? 얘들아! 이리 와 봐!"

뒤에서 가비가 외쳤다. 귀신 사당패와 몽생이가 일어나 잉어 꼬리에 서 있었다. 잉어 주변으로 신기한 동물들이 몰려왔다. 애드벌룬처럼 하늘을 날아다니는 해파리, 헤드라이트처럼 빛을 뿜어 길을 밝혀 주는 형광 오징어, 바람이 불지 않을 때 뒤에서 로켓처럼 밀어 주는 붉은 문어였다. 바리가 버려졌을 때 조개 바구니가 쓸려 가지 않게 보호해 줬던 바다 생물들이었다.

"어? 이 친구들 다 낯이 익어! 친구들이 방금 말해 줬는데, 내가 어렸을 때 바당에서 날 지켜 줬대!"

"와……. 바당은 이렇게나 넓구나."

소녀 공덕은 생전 처음 보는 바다 생물들을 보며 감탄했다. 소녀 공덕에겐 제주 바다가 전부였는데 밖으로 나오니 더 넓고 깊은 바다가 있었다. 거세게 쏟아지던 비가 그치고 붉은 해가 떠올랐다. 일출에 맞춰 커다란 상어 떼가 나타나 바다 위로 뛰어올랐다. 상어의 몸은 비단 비늘로 덮여 있어 햇빛이 닿을 때마다 보석처럼 반짝였다. 춤을 추듯 상어들이 뛰어오를 때마다 비처럼 바닷물이 쏟아지며 커다란 무지개가 생겼다.

소녀 공덕은 태어나서 이렇게 큰 물고기는 처음 보았다. 압도적인 크기에 두려워 무릎이 떨리면서도 아름다운 춤사위와 비단 비늘에 경외감이 일었다.

"세상에, 비단 상어를 보다니! 오래 살고 볼 일이야! 아니지, 오래 죽고 볼 일일세!"

팔척이가 소녀 공덕에게 말했다.

"저 큰 물고기가 비단 상어야?"

"응. 비단 상어는 사는 곳에 따라 크기가 변한대. 작은 물에서 살면 새끼손가락보다 더 작게 자라고, 큰물에서 살면 무한대로 커져. 나도 이렇게 큰 비단 상어는 처음 봐."

"콩떡아! 나 이 순간을 평생 못 잊을 것 같아!"

바리는 두 팔을 벌려 비단 상어 떼가 뿌리는 물방울을 흠뻑 맞았다. 소녀 공덕은 바리를 물끄러미 바라보았다.

"큰물에서 살면 커지고 작은 물에서 살면 작아진다라……."

잠시 뒤 비단 상어 떼는 춤을 다 추고 퇴장하는 배우처럼 시야에서 사라졌다. 꿈이라도 꾼 것처럼 비단 상어 떼가 사라지고 저 멀리 파도 위에서 반짝이는 것이 보였다.

"용궁이야!"

바리가 손으로 가리키며 외쳤다.

강렬한 아침 햇살 속에 용궁이 빛나고 있었다. 웅장한 용궁은 동그란 무대 조명을 받아 혼자 빛나는 주인공처럼 위풍당당하고 아름다웠다. 바리는 설레는 눈으로 용궁을 바라봤다. 소녀 공덕은 바리를 보며 깊은 생각에 잠겼다. 귀신 사당패는 뒤에서 소녀 공덕을 말없이 지켜보았다.

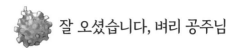 잘 오셨습니다, 벼리 공주님

용궁이 가까워지자 바리는 너무 떨려서 제자리걸음을 했다. 속으로 양 100마리를 세어 봤지만 소용없었다. 당장 잉어 배를 돌려서 저승 바다로 돌아가고 싶었다. 용왕님을 직접 만날 생각을 하니 차라리 동수자 같은 녀석과 싸우는 게 나을 것 같았다.

바리의 마음을 모르는 잉어 배는 쾌속정처럼 빠르게 용궁 앞에 도달했다. 파도 위에 세워진 용궁이 바다 물결에 맞춰 촐랑촐랑 흔들렸다.

바리는 귀신 사당패 뒤에 숨어서 용궁의 문이 열리기를 기다렸다.

쿠웅! 마침내 용궁에서 거대한 성문이 내려왔다. 파도 위에 다리처럼 내려진 성문으로 용궁 대신들과 바다 달팽이 주술사가 걸어 나오고 가장 뒤에 용왕이 나왔다.

바리는 용왕의 얼굴을 보려고 목을 뻗었지만, 문어 대신의 커다란 민머리와 바다 달팽이 주술사의 소매 지느러미와 해마 대신의 기다란 주둥이에 가려 용왕을 보지 못했다. 이리 기웃 저리 기웃하다가 마침내 마지막으로 나오는 용왕의 모습을 보았다. 바리는 자기와 똑같이 생긴 얼굴을 보자 마음이 몽글몽글해졌다. 바리는 처음 봐서 몰랐겠으나, 용왕의 안색은 전보다 더 나빠져 있었다. 병세가 빠르게 악화되어 얼굴은 투명할 정도로 창백했으며 가녀린 몸은 앙상할 정도로 말랐다. 용왕은 바다 달팽이 주술사의 부축을 받으며 걸어왔다.

"잘 오셨습니다, 벼리 공주님."

달팽이 주술사가 절을 했다. 뒤에 선 문어 대신, 해마 대신, 쭈꾸미 대신들도 허리를 굽혀 절했다.

"어서 오십시오, 벼리 공주님!"

"어, 어서 왔습니다. 저, 저는 바리를 가져온 해골꽃입니다. 아니, 해골꽃을 가져온 바리, 벼리, 아무튼 저입니다."

당황한 바리가 횡설수설했다.

뒤에서 보고 있던 소녀 공덕은 못마땅한 얼굴로 용왕을 노려봤다.

　'저 여자가 용왕이구나. 바리를 생고생시킨 여자!'

　그때 용왕의 왕관 아래 있는 진주 머리핀이 반짝 빛났다. 아. 소녀 공덕은 진주 머리를 보자 이제야 알겠다는 듯 고개를 끄덕였다. 용왕이 소녀 공덕을 보고 눈인사를 하자 소녀 공덕도 고개를 끄덕였다.

　용왕이 바리 앞에 섰다. 바리의 눈, 코, 입 머리카락 키 손가락 모든 것을 찬찬히 뜯어보았다. 매일 밤 꿈에서 그려 보았던 얼굴이 눈앞에 있었다. 참으로 사랑받고 자랐다는 것을 한눈에 알 수 있었다. 눈물이 났지만 참아야 했다. 지켜보는 대신들이 많았다. 이승 바다의 왕이란 이런 자리다. 용왕은 목이 메는 것을 간신히 참고 말했다.

　"바다의 별처럼 어여쁜 나의 딸 벼리. 멀고 먼 길을 돌아 엄마에게 와 주었구나. 모두 널 기다렸단다. 해골꽃을 구해 주어 고맙다. 이렇게 멋지게 자라 주어 고맙다. 참으로 고생 많았다."

　용왕은 손을 뻗어 바리를 안았다. 처음 품에 안아 보는 딸이었다. 갓 세상에 태어났을 때 안아 봤더라면, 이렇게 힘든 시간을 보내지 않았을 텐데. 수많은 후회가 용왕의 머리를 스쳤다.

바리는 용왕의 품이 어색해 뻣뻣하게 서 있었다. 곧 용왕의 손 끝에서 따스한 무언가를 느꼈다. 아, 이게 엄마의 품이구나. 본 능적으로 깨달았다.

바리와 용왕은 한동안 서로의 품을 느끼며 안고 있었다.

소녀 공덕은 그 모습이 왜 이리 마음이 아프고 불안한지 알 수 없었다.

용왕은 포옹을 풀고 소녀 공덕 일행을 보았다.

"그대들이 벼리 공주를 도와 활약한 것을 알고 있네. 그대들 덕에 동수자가 사라지고 저승 바다에 평화가 왔다지. 고생했소. 그래서 준비한 게 있네."

모두 용왕을 따라 용궁으로 들어갔다. 웅장한 용궁의 집무실 이 보였고 옆에 연회장이 있었다. 용왕은 꽃잎으로 마법을 부려 연회장의 문을 열었다. 천장에는 수정을 매달아 만든 멋진 등불 이 반짝이고 있었고 내부는 아름다운 산호초로 꾸며져 있었다. 커다란 연회실 가운데 산해진미가 가득한 수라상이 보였다.

소녀 공덕과 바리 일행은 감탄하며 연회장으로 들어갔다. 바 다 달팽이 주술사가 종 모양의 유리관을 들고 다가왔다.

"해골꽃을 여기에 넣어 주십시오."

주술사가 유리관 뚜껑을 열자 소녀 공덕은 테왁에서 해골꽃을 꺼내 유리관에 넣었다. 주술사는 해골꽃이 든 유리관을 용왕의 집무실로 가져갔다.

"마음껏 드시지요."

용왕이 음식이 가득한 상을 가리키며 말했다.

큼직한 닭백숙에 만두, 고기 산적, 가비가 좋아하는 얼음 동동 띄운 가비까지! 없는 음식이 없었다.

"이게 임금님 수라상이구나!"

"아니, 용왕님 수라상이지!"

가비와 팔척이가 웃으며 닭 다리를 하나씩 들고 입에 넣었다. 계란이는 훈제란이 된 얼굴에 오징어 먹물로 눈코입을 그려 웃는 표정, 우는 표정, 화내는 표정을 낙서하며 놀았다. 해마 대신과 문어 대신은 몽생이에게 최고급 풀을 대령했다. 몽생이는 신나서 히히힝- 웃으며 신선한 풀을 뜯었다. 소녀 공덕은 영 입맛이 돌지 않았다. 깨작깨작 젓가락질을 하다가 연회실 가운데를 봤다.

용왕과 바리가 이야기를 나누고 있었다. 웃을 때 복숭아처럼 볼이 발그레해지는 것과 찡그릴 때 한쪽 눈썹을 올리는 것, 놀랄 때 입을 벌리고 눈을 동그랗게 뜨는 것까지. 두 사람은 누가 뭐래도 서로를 꼭 닮은 엄마와 딸이었다. 소녀 공덕의 눈에도 용왕은 빛나는 여자였다. 젊고 유능하고 아름다웠으며 게다가 부자였다. 용왕이라면 바리가 원하는 것은 뭐든지 최고급으로 해 줄 수 있을 것이었다. 그에 비해 자신은 나이 들고 가난한 해녀에 불과했다. 빛나는 용왕을 보면 볼수록 자신이 남루하고 초라하게만 느껴졌다.

소녀 공덕은 커다란 가시에 찔린 것처럼 가슴이 아파 숨을 쉴 수 없었다. 소녀 공덕은 해사하게 웃는 바리와 용왕을 보며 목에 건 조개 목걸이를 움켜쥐었다.

비단 상어처럼

소녀 공덕은 쌔액 쌕 가쁜 숨을 쉬며 용궁 밖으로 나왔다. 눈앞이 캄캄해지고 손발이 떨렸다. 해녀병이 깊어진 탓이었다. 소녀 공덕은 용궁의 성벽을 짚고 서서 숨을 내쉬었다. 분홍색 노을이 지고 짙푸른 밤이 오고 있었다. 바다가 싫었지만 이럴 땐 바다를 보면 안정이 되곤 했다. 소녀 공덕은 철썩이는 파도를 보며 한숨을 쉬었다.

누군가 백리향꽃 같은 연보라색 연산호를 내밀었다. 팔척이었다. 언제 나왔는지 가비와 계란이도 있었다. 팔척이는 연산호를 사라지게 했다가 소녀 공덕의 수경 뒤에서 나오는 묘기를 부렸다.

묘기를 본 소녀 공덕의 눈이 커졌다.

"이, 이걸 어떻게⋯⋯?"

팔척이는 쓰고 있던 자수정 흑애체를 벗으며 웃었다.

"한숨을 쉬고 있길래 묘기 한번 부려 보았지. 이만하면 처음 만났을 때보다 더 많이 늘었지?"

"설마⋯⋯. 서, 서방⋯⋯?"

"나도 몰라보는 건 아니겠지?"

가비와 계란이가 품에서 낡은 헝겊 인형과 지푸라기 공을 꺼냈다. 남편과 오름이, 고넹이의 돌탑에 놓았던 물건들이었다. 계란이는 달걀 껍질에 고양이 얼굴을 그리고 갸르릉 갸르릉 소리를 내었다.

"가비, 넌 우리 오름이⋯, 계란이는 고넹이?"

소녀 공덕은 눈물이 터졌다.

"다 떠난 줄 알았는데⋯⋯ 항상 옆에 있었던 거야⋯⋯?"

"떠나긴 언제 떠났다고 그래. 제주에서 돌탑 보면서 혼잣말한 것도 다 들었다고!"

오름이가 소녀 공덕의 품에 얼굴을 묻으며 말했다.

"오름아⋯⋯, 우리 오름이 많이 컸네? 잘 지냈어? 딸도 몰라

보고 참 형편없다, 그렇지? 내 옆에서 고생이 많았구나.”

소녀 공덕은 가비의 뺨을 어루만졌다.

“서방은 어떻게 지냈어? 우리 고넹이는? 그동안 얼마나 보고 싶었는데…….”

팔척이와 계란이가 소녀 공덕을 안아 주었다.

소녀 공덕은 아이처럼 소리 내어 울었다.

폭풍우 치는 밤이면, 파도가 높은 날이면, 오름이와 남편, 고넹이가 생각났다. 이들을 놓친 그 손의 감촉이 아직도 남아 있었다. 어쩐지 이들을 처음 만났을 때부터 친근한 느낌이 들었더랬다. 그런데도 눈앞의 일만 생각하느라 옆에 있는 가족을 알아보지 못했다니. 미련한 자신이 원망스러웠다.

팔척이가 소녀 공덕의 머리를 쓰다듬어 주었다.

“당신 고생 많았어, 그동안. 바리는 우리를 볼 수만 있었지, 우리가 누구였는지는 몰랐어.”

“그랬구나……. 나를 위해서……, 같이 저승 바다로 가 주었구나. 고마워. 정말 고마워.”

다시 만나면 하고 싶은 말이 너무 많았는데 소녀 공덕은 가슴이 먹먹해 아무 말도 할 수 없었다. 그저 이렇게 품에 안을 수 있다는 사실에 눈물만 흘렸다.

"우린 제주로 돌아가야 해."

팔척이가 말했다.

"벌써? 왜? 가지 마! 같이 있자."

소녀 공덕은 가비의 작은 손을 붙잡고 눈물을 뚝뚝 흘렸다. 어떻게 만났는데. 제주에서 다시 만날 수 있다고 해도 다시 헤어질 생각을 하니 차마 손을 놓을 수 없었다.

"우리도 있고 싶지만 너무 오래 땅을 떠나면 혼이 사라져 버려. 다시 만날 수 있잖아, 제주에서. 그동안 늘 옆에 있었던 것처럼."

가비가 말했다.

오름이가 이렇게 의젓하고 기특한 아이가 되었구나. 소녀 공덕은 마음을 다잡고 눈물을 닦았다. 내가 약한 모습을 보이면 오름이도, 서방도, 고넹이도 괴로워할 것이다. 그래 오름이의 말처럼 우린 다시 만날 수 있다. 소녀 공덕은 그렇게 생각하며 웃어 보였다.

"당신……, 바리를 데리고 집에 가도 아침을 넘기지 못할 거야. 여기 오느라 남은 목숨을 다 써 버렸잖아. 용왕님에게 준 해골꽃……. 당신이 먹어도 돼. 그럴 자격 있어. 해골꽃을 먹고 바리를 데려가면 오랫동안 바리랑 제주에서 살 수 있어."

팔척이가 말했다.

소녀 공덕은 소라 향초를 꺼내서 보았다. 거의 닳아 없어진 소라 향초를 보자 더욱 마음이 갈팡질팡했다. 소녀 공덕의 눈동자가 남은 촛불처럼 떨렸다.

"어떤 선택을 하든 우린 당신을 응원할 거야."

"제주에서 기다릴게."

귀신 사당패는 소녀 공덕과 포옹을 하고 스르륵 바람처럼 사라졌다.

소녀 공덕은 용왕의 집무실로 들어갔다. 해골꽃이 들어 있는 유리관으로 성큼 다가갔다. 한참을 갈등하던 소녀 공덕이 유리관 뚜껑을 들고 해골꽃을 꺼냈다.

"그 손 떼시오!"

언제 들어왔는지 달팽이 주술사가 뒤에 있었다.

"어찌 감히! 용왕님의 목숨을 살릴 해골꽃에 손을 대시오?"

"귀한 손님에게 무슨 말버릇인가!"

용왕이 들어오며 말했다.

"벼리를 키워 주신 공덕님이시네."

"예? 이 소녀가요?"

달팽이 주술사가 놀란 눈으로 소녀 공덕을 보았다.

"무례를 범해서 죄송합니다, 공덕님."

용왕이 대신 사과했다.

용왕은 바리의 엄마로서 소녀 공덕을 존대하였다. 바다 달팽이 주술사는 용왕이 한낱 인간을 높여서 말하는 것에 적잖이 놀랐으나 잠자코 있었다. 소녀 공덕과 용왕은 해녀와 이승 바다의 신이라는 지위를 떠나 바리의 엄마로 마주 섰다.

소녀 공덕은 용왕의 진주 머리핀을 보며 말했다.

"괜찮소. 바리가 저승으로 와 달라고 했던 꿈……. 그대가 꾸게 한 게요? 꿈에서 바리가 비싼 진주를 하고 있어, 내내 이상하게 생각했다오."

"벼리를 구해 주시기만 한다면 바랄 것이 없었습니다. 벼리를 직접 구하러 가고 싶었지만, 용왕으로서 이승 바다를 지켜야 했습니다."

용왕의 목소리가 떨렸다. 늘 고개를 빳빳이 세우고 강한 모습만 보였던 용왕이 처음으로 고개를 숙였다. 소녀 공덕은 엄마의 애끓는 심정을 이해할 수 있었다.

"제 발로 찾아 나서지 못한 그대도 마음이 아팠을 게요. 눈앞에서 자식이 고통받는 걸 보고만 있어야 하는 심정을 나도 잘 알거든. 그대의 꿈 덕에 바리와 저승 바당에서 모험도 해 보고 참좋았수다. 그동안 바리에게 누가 더 좋은 어멍일까 계속 생각했다오. 누구보다 바리에게 좋은 게 뭔지, 내 딸이니까 내가 가장잘 안다고 생각했소."

소녀 공덕은 창밖의 바다를 바라봤다. 쏴아아- 시원한 파도소리가 들려왔다.

"...이 넓은 바당에서 만난 바리는 훨씬 크고 멋진 아이였다오. 그대, 이승 바당의 신 용왕을 닮아서겠지. 그대는 아이를 잃은 슬픔으로 괴로웠을 텐데. 미안하게도 그 덕에 나는 그대의아이를 내 딸로 키울 수 있었소. 그대의 아픔이 내게 행복이 되어 미안하오. 이제 그 행복을 돌려 드려야겠지……."

소녀 공덕은 해골꽃을 용왕에게 건넸다.

"내 딸 바리를……, 아니 벼리 공주를 아낌없이 사랑해 주시오. ……부디 잘 부탁드립니다, 용왕님."

소녀 공덕은 용왕에게 처음으로 무릎을 꿇어 절했다. 바리를지금 잃게 되어도 괜찮았다. 다신 만나지 못한다 해도 괜찮았다. 그동안 바리의 어멍으로 살 수 있었으니 그걸로 되었다고 생각했다.

용왕의 눈에서 뜨거운 눈물이 흘러나왔다. 소녀 공덕의 절절

한 마음을 같은 엄마로서 이해할 수 있었다. 그렇기에 지금 자신의 이 선택이 얼마나 이기적인지도 잘 알았다.

"감사합니다, 공덕님⋯⋯."

용왕은 두 손으로 해골꽃을 받았다.

집무실 문을 열고 대신들과 바리가 들어왔다.

"용왕님, 이제 해골꽃을 드시지요!"

대신들의 성화에 용왕은 눈물을 감추고 해골꽃을 입에 넣었다. 해골꽃을 먹자 꽃에서 신비로운 분홍빛이 나와 용왕을 감쌌다. 빛에 휩싸인 용왕은 예전의 건강한 모습으로 돌아왔다. 용왕의 연보라색 머리카락은 별빛처럼 빛났고 투명한 피부는 진주처럼 아름다웠다.

"축하드리옵니다!"

용궁의 대신들은 용왕의 회복에 기뻐 일제히 절을 했다.

"콩떡아! 우리가 해냈어!"

바리도 기뻐했다.

용궁의 음악대가 흥겨운 국악을 연주했다.

"이제 바다는 풍요로워질 것이다!"

용왕이 마법으로 꽃잎 회오리를 만들었다. 꽃잎 회오리가 문을 열고 용궁 밖으로 날아갔다.

용궁 앞바다를 건너 날아간 꽃잎들은 해산물의 씨앗이 되어 제주 바다에 비처럼 뿌려졌다. 바다에 말라붙어 가던 해초가 풍성해졌고 바다에서 돌아오는 고깃배의 그물과 해녀의 망사리마다 해산물이 가득해졌다. 영동 선배와 해녀들은 기뻐하며 바다를 향해 절을 올렸고 어르신은 공덕이 해냈다는 것을 눈치채고 고개를 끄덕였다.

용왕은 소녀 공덕을 향해 고개를 숙여 인사했다. 소녀 공덕도 은은한 미소로 화답했다. 바리가 소녀 공덕에게 다가와 두리번거리며 물었다.

"어? 콩떡아, 가비랑 팔척이랑 계란이는 어딨어?"

"먼저 가야 한다고 제주로 돌아갔어."

소녀 공덕이 말했다. 바리는 조금 서운한 표정을 짓더니 금방 웃어 보였다.

"나중에 만나지, 뭐. 헤헷. 콩떡아, 너 저거 먹어 봤어? 얼음을 꽃 모양으로 곱게 갈아 넣고 떡이랑 팥을 고명으로 올린 건데 완전 맛있어! 빙수라고 부르는 건데 입에서 살살 녹는다니까?"

바리가 소녀 공덕에게 팔짱을 끼며 음식이 있는 곳으로 이끌었다. 소녀 공덕은 아무 일도 없었던 것처럼 웃으며 바리와 즐거운 시간을 보냈다.

용궁에 떠들썩한 소리가 잦아들고 밤이 찾아왔다.

소녀 공덕은 바리가 잠든 방으로 갔다. 바리는 용왕이 내준 최고급 비단 이불을 덮고 있었다. 오랜 고생을 마친 직후라 그런지 바리는 새근새근 깊은 잠에 빠져 있었다.

소녀 공덕은 바리가 걷어찬 이불을 끌어 올려 덮어 주고 머리를 가만가만 쓰다듬었다.

"바리야…… 어멍은 너에게 어떤 바당이었을까. 널 작은 내품에만 두려 했던 게 나의 물숨이었구나."

소녀 공덕은 바리의 목에 조개 목걸이를 걸어 주었다. 소녀 공덕의 눈에 방울방울 눈물이 차올랐다.

"비단 상어처럼……, 큰 바당에서 큰 물고기가 되어 마음껏 헤엄치거라."

톡. 바리의 뺨에 눈물방울이 떨어졌다.

바리는 잠결에 눈을 떴다. 뿌연 시야로 공덕 할망이 보였다.

"할망......?"

바리가 눈을 비비며 일어났다. 아무도 없었다. 잠결에 잘못 본 건가. 바리는 뺨에 떨어진 눈물을 닦다가 목을 내려다보았다.

반짝반짝 빛나는 분홍색 조개 목걸이가 걸려 있었다.

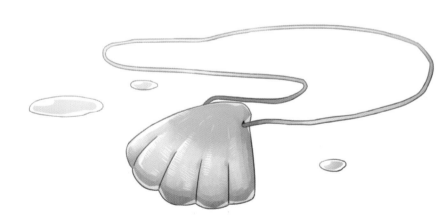

 # 바당의 뜻

　제주 하늘에 새벽빛이 일렁였다. 옥색 바닷물이 회오리를 만들며 솟구치더니 용오름이 만들어졌다. 용오름 가운데 소녀 공덕이 나타났다. 용왕이 소녀 공덕을 위해 만든 용오름이었다. 용오름은 바닷가에 소녀 공덕을 내려 주었다. 이제 완전히 흰머리가 된 소녀 공덕은 무거운 발을 이끌고 어르신의 집으로 갔다. 소라 향초가 얼마 남지 않아서인지 몸이 천근만근 무거웠다. 어르신의 방문을 열어 보니 잠이 든 어르신 옆에 할망 공덕의 몸이 누워 있었다. 소녀 공덕의 혼은 할망 공덕의 몸으로 들어가 천천히 누웠다. 훅- 소라 향초의 불꽃이 꺼졌다.

느릿느릿 할망 공덕이 일어났다. 수명을 다 써 버린 공덕은 이제 어르신보다 더욱 늙어 보였다. 어르신은 어둠 속에서 공덕이 온 것을 느끼고 눈을 떴다.

"……공덕이 왔나?"

"예, 어르신. 마지막 물질 잘하고 왔수다."

공덕의 슬픈 미소에 어르신은 가만히 공덕을 안아 주었다. 공덕은 어르신의 품에서 한동안 흐느끼며 고개를 들지 못했다.

공덕은 주상절리 절벽으로 향했다. 깊은 바다에 있는 것처럼 몸이 무거웠다. 떨어지지 않는 걸음을 간신히 옮겨 가파른 절벽을 올랐다. 넘어지고 미끄러져도 계속 올라갔다. 세 개의 돌탑 앞에 선 공덕은 가쁜 숨을 내쉬었다. 새액 새액- 갈라진 숨소리가 나왔다.

"지금도 여기 있지? 항상 옆에 있어 주어 고마워."

대답처럼 하늬바람이 공덕의 얼굴을 어루만졌다. 공덕은 어여쁜 돌을 골라 돌탑에 올렸다. 돌탑에 돌을 하나씩 쌓을 때마다 바리와 보낸 시간이 하나씩 스쳐 갔다.

조개 바구니에 실려 온 날 공덕을 바라보았던 눈, 우는 공덕을 달래 주려 마법을 부렸던 어여쁜 손, 현무암에 도장을 찍었던 보드라운 발바닥, 처음으로 걸음마를 해서 공덕에게 안겼던 작은 몸, 저승 바다에서 꼬옥 잡았던 손, 비단 상어를 보고 반짝였던 보석 같은 눈동자.

누가 뭐라 해도 그 시간 동안 공덕은 바리의 어멍이었다. 다신 오지 않을 그 모든 순간에 공덕은 하염없이 눈물을 흘렸다. 공덕은 제 안에서 숨이 꺼져 가는 것을 느꼈다. 공덕은 천천히 눈을 감고 죽음을 기다렸다.

"히히힝!"

"설마, 이 소린……?"

공덕은 감았던 눈을 뜨고 힘겹게 일어났다. 말도 안 된다고 생각하면서도 기어가 절벽 밑을 내려다보았다. 바리가 연산호 같은 연보라색 머리칼을 흩날리며 몽생이를 타고 오고 있었다.

"바, 바리야!"

믿을 수 없는 장면에 공덕은 바리에게 달려가려고 했다. 하지만 고장 난 것처럼 몸이 푹 고꾸라졌다. 바리가 몽생이를 타고 절벽 위로 올라왔다.

"할망!"

바리가 쓰러진 공덕을 안았다.

"바리야……, 여긴 왜 왔어?"

공덕이 놀란 눈으로 바리를 바라봤다. 바리의 눈에 커다란 눈물방울이 맺혔다.

"할망은 바보야……. 나, 다 알고 있었어. 숨비 소리 가르쳐 줄 때……. 그런 숨비 소린 할망밖에 못 내잖아……! 나 때문에 저승까지 온 거 모를 줄 알았어?"

"……용왕님 걱정하시겠다, 돌아가……. 네 집은 이제 용궁이야."

공덕은 목이 메었지만 일부러 모질게 굴었다.

바리는 고개를 저었다. 바리의 눈물방울이 바람에 흩날렸다.

"할망은 진짜 아무것도 모른다니까……. 내가 용왕님을 만나려고 한 건……, 할망 비단옷 지어 달라고, 오일장에서 본 하늘색 비단으로 옷 지어 달라고, 그거 부탁하려고 한 거란 말이야! 나 때문에 고생하느라 할망은 새 옷도 한 번 못 입었잖아. 그래서 그거 부탁하려고 했단 말이야. 용왕님도 좋지만 날 키워 준 건 할망이잖아. 나 용왕 딸 안 해. 나한테 어멍은 할망이야! 난……, 어멍 딸 바리라고……!"

"……바리야! 미안해! 어멍이 부족해서 우리 딸 마음도 몰라줬구나……!"

역시 바리는 내 생각보다 크고 예쁜 마음을 가진 아이였구

나. 공덕은 미소를 지었다. 마지막 힘을 짜내 바리의 눈물을 닦아 주었다. 이제 떠나야 할 시간이었다. 숨이 꺼져 가는 공덕의 눈에 바리 곁을 지켜 주는 가비와 팔척이, 계란이가 보였다.

　바람이 불자 바리의 품에서 바다 내음이 났다.

　"어멍은 이제야 바당의 마음을 알 것 같아……. 바당처럼 항상 곁에 있을게……."

　공덕의 손이 툭 떨어졌다. 눈꺼풀이 감겼다.

　"어멍……! 어멍……!"

.

.

.

.

.

.

.

.

.

.

뜨거운 눈물이 바리의 뺨을 타고 흘러내려 고운 턱 끝에 맺혔다. 투명한 눈물방울이 모여 공덕의 가슴에 꽃송이처럼 톡 떨어졌다. 공덕의 가슴에 닿은 눈물방울에서 선명한 분홍빛이 퍼져 나왔다. 분홍빛이 몽글몽글 움직이더니 활짝 핀 해골꽃으로 변했다. 해골꽃이 공덕의 가슴으로 스며들었다.

"허억……!"

공덕이 숨을 토해내며 살아났다. 공덕은 무슨 일이 벌어진 것인지 알지 못해 얼떨떨한 얼굴로 바리를 보았다.

"어멍!"

"바리야!"

바리가 와앙 울며 공덕에게 안겼다.

공덕은 바리의 등을 쓰다듬었다. 이제 염려하지 말라는 듯, 영원히 너를 떠나지 않겠다는 듯이 가만히 토닥여 주었다. 바다 위 어느샌가 피어난 용오름에 용왕과 달팽이 주술사가 서 있었다.

"……한데 어째서 공덕님 몸에 해골꽃이 피어난 걸까요?"

달팽이 주술사가 물었다.

"아마도……."

용왕이 하늘을 보며 말했다.

"공덕님의 희생을 갸륵히 여기신 것이겠지."

공덕은 바다에 생긴 용오름을 보았다. 멀리서 아련하게 바라보는 용왕과 눈이 마주쳤다.

"그 고집은 공덕님을 닮은 듯합니다. 벼리……, 아니, 바리를 잘 부탁합니다."

용오름 속에서 용왕이 절을 하며 말했다.

공덕이 고개를 끄덕였다.

용왕은 슬프지만 담담한 미소를 지으며 용오름과 함께 사라졌다.

 에필로그

파도 위 용궁에서 왁자지껄 웃음소리가 흘러나왔다. 바다도 즐거운지 파도가 춤을 추었고 용궁도 함께 들썩들썩했다.

"어멍! 빨리! 엄살 그만 부리고 나와!"

어디선가 들려오는 앙칼진 목소리에 용궁과 파도가 놀라 춤을 멈추었다.

바리였다. 바리는 용왕이 마련해 준 방에 있었다.

"늦겠다니까! 빨리!"

바리가 장막을 보며 씩씩대자 장막 뒤에서 공덕이 꾸물대며 나왔다. 공덕은 하늘색 비단으로 지은 고운 한복을 입고 있었다. 바리가 용왕에게 부탁해서 지은 한복으로, 제주 오일장에서 봤던 그 비단으로 만든 것이었다.

"부끄럽게……. 이런 건 왜 입혀서는. 수경이랑 테왁이 없으니 영 허전하구먼."

공덕은 머리를 만지며 말했다. 머리에는 수경 대신 진주 머리핀과 장미꽃처럼 생긴 연산호 댕기를 하고 있었다. 일 년 내내 입었던 해진 물옷을 벗고 비싼 한복을 입자 공덕은 어색해서 어쩔 줄 몰랐다.

"잘 어울리는데 뭘. 엄살 부리기는."

바리가 말했다.

공덕은 풀어 헤친 바리의 머리를 보고 인상을 썼다.

공덕은 "아유, 물귀신같이 머리가 이게 뭐야?" 하다가, "아니, 아니다!" 하면서 곱게 땋은 자기 머리를 풀었다. 머리를 푼 공덕과 바리는 경대의 거울 앞에 나란히 섰다.

"어때? 이러니까 어멍이랑 좀 닮았지?"

공덕이 말했다.

"아니?" 바리가 활짝 웃으며 말했다. "웃으면 훨씬 더 닮았어."

곧 연회실에서 흥겨운 음악이 들려왔다.

"어? 시작했나 봐!" 바리는 공덕의 손을 잡고 달렸다.

방을 나와 긴 복도를 지나 커다란 연회실로 들어갔다.

용왕이 공덕이 살아난 것을 축하하려고 연회를 막 열던 참이었다.

주인공 공덕이 들어오자 몽생이가 푸르르 하며 가장 먼저 반겼다. 귀신 사당패는 용궁 국악대의 연주에 맞춰 신통방통한 묘기를 부리고 있었다. 제주의 어르신과 영동 해녀, 선배 해녀들과 바리를 괴롭힌 동네 아이들에 시장 행인들까지 모두 초대받아 용궁에 모였다.

용왕이 바다가 보이는 창 앞에 서서 마법으로 불꽃을 쏘아 올렸다. 하늘에 아름다운 불꽃이 나비와 꽃 모양으로 피어났다. 불꽃은 진짜 나비가 되어 날아다녔는데, 나비 날개가 펄럭일 때마다 빛 가루가 사방에 흩어져 내렸다. 연회에 있는 모든 이들은 박수를 치며 감탄했다.

용왕이 공덕에게 말했다.

"제주에 종종 가 보겠습니다. 용오름이 생기면 제가 온 것이니 그리 알아주세요."

공덕이 웃으며 끄덕였다.

"그대 오면 맛난 밥을 차려 주겠소. 그대처럼 이런 진수성찬은 못 해도 미역국은 기막히게 만든다오."

"미역국이요? 하하 그 비법 저도 알려 주세요. 용궁 수라간 나인에게 일러두겠습니다."

"그런데 혹시, 공부는 좀 했소? 바리가 글공부를 워낙 싫어해서 말이오."

용왕의 눈동자가 흔들렸다.

"전 공부 잘했어요. 셈하는 걸 싫어해서 그렇지. 공덕님은요?"

공덕의 눈동자도 갈 곳을 잃고 흔들렸다.

"허허. 나, 나도 잘한다오. 외우는 걸 싫어해서 그렇지."

용왕과 공덕은 공부 이야기에 식은땀을 흘리며 손으로 부채질을 했다. 사실 공덕은 바리에게 글공부하라고 잔소리를 하는 대신 직접 서당에서 글을 배우고 있었다. 벼리라는 이름도 읽을 줄 몰라 바리로 불렀던 것이 못내 한이 되었던 것이다.

저쪽에서 신나게 놀던 바리가 다가왔다. 바리는 양손으로 치마를 잡고 인사를 했다. 왕자가 공주에게 춤을 청하는 것처럼 공덕에게 한 손을 내밀었다.

"뭐? 왜? 치마에 뭐 흘렸어?"

공덕은 바리의 행동이 무슨 뜻인지 몰랐다.

"춤추자는 거잖아."

"아유, 부끄럽게 무슨 춤이야, 춤은."

"봐, 오름이 언니랑 아방도 추잖아. 용왕 어멍도 추는데?"

바리가 연회실 가운데를 가리켰다.

가비와 팔척이가 요즘 저승 바다에서 유행한다는 춤이라며 해괴한 동작을 했다. 훈제란이 된 계란이는 물구나무로 서서 바닥에 머리를 굴리며 헤드 스핀을 했고, 가비는 짝다리로 깡충깡충 뛰며 망치로 머리를 두들기는 춤을 추었다.

한술 더 떠 용왕도 사당패의 춤사위에 합세했다.

체통을 내려 놓은 용왕의 모습에 달팽이 주술사와 용궁 대신들은 "용왕님 아니되옵니다!" "죽여 주시옵소서!"를 외치며 탄식했다.

"허, 이거 참……."

공덕은 부끄러워 빨갛게 달아오른 얼굴로 바리의 손을 잡았다. 공덕은 바리를 따라 연회장 가운데로 나가 춤을 추기 시작했다. 처음엔 어려워서 바리의 발을 몇 번이나 밟았지만 조금 지나니 익숙해졌다.

"해녀 되니까 어때? 물질하는 거 재밌어?"

"진짜진짜 힘든데 진짜진짜 재밌어! 내가 제주에서 숨이 제일 길잖아! 돌고래 떼랑 수영도 하고 어제는 주먹만 한 전복도 캤어."

공덕과 바리의 대화가 음악에 묻혀 잦아들었다.

"우리 바리 대단하네! 그래도 물숨은 절대 먹으면 안 돼. 알았지?"

"어멍은 글공부하니까 어때?"

"재, 재밌어. 좀 졸려서 그렇지……."

"거봐! 하하하."

용왕과 귀신 사당패는 웃으며 바리와 공덕을 바라봤다.

동화 속 해피 엔딩처럼,

왕자와 공주가 아닌,

엄마와 딸 바리와 공덕이 화려한 불꽃 아래서 춤을 추고 있

었다.

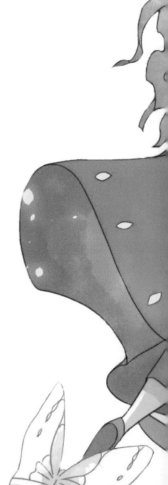

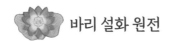 # 바리 설화 원전

불라국이라는 머나먼 나라에 오구대왕과 길대부인이 살았다. 오구대왕에겐 이미 딸이 여섯이나 있었으나 그는 대를 이을 아들을 손꼽아 기다렸다. 길대부인이 마침내 일곱 번째 아이를 낳았으나 이번에도 딸이었다. 이에 오구대왕은 크게 노여워하며 아이를 바다에 버리라고 명했고, 길대부인은 죽기 전에 이름이라도 갖게 해야 한다며 버려진 아기라는 뜻의 '바리데기'라 이름을 붙이고 바리를 바다에 버렸다.

바리는 바구니에 담긴 채 바다로 보내졌다. 거북이가 나타나 바리가 들어 있는 바구니를 이고 바닷가까지 싣고 왔다. 마

침 근처를 지나던 비리공덕이라 불리는 노부부가 버려진 바리를 발견했다. 바구니를 보니 뱀 한 마리가 바리의 몸을 감싸고 있었고 거미와 개미 떼가 꼬여 바리의 몰골이 말이 아니었다. 죽어 가는 바리를 안타깝게 여긴 비리 공덕 부부는 바리를 친딸처럼 키우기로 하였다. 바리는 노부부의 손에 맡겨져 자랐으나 점차 자라면서 그들이 친부모가 아니라는 사실을 알게 되었다.

그로부터 십여 년 뒤, 오구대왕은 큰 병을 앓아 드러누웠다. 영험한 고승에게 물어 무슨 병인지 알아보니 고승은 오구대왕이 일곱 번째 공주 바리를 버려서 하늘에서 벌을 내린 것이라고 답했다. 고승은 바리가 살아 있으며 오구대왕을 살릴 수 있는 유일한 불사약은 열두 고개 너머의 서천 꽃밭에 있다고 알려 줬다. 그곳에 가려면 혼백이 되어야 하기에 오구대왕의 여섯 딸은 서천 꽃밭에 가려고 하지 않았다.

아무도 불사약을 구하러 가려 하지 않자 오구대왕은 신하를 보내 바리를 찾아다녔다. 신하는 마침내 바리가 있는 노부부의 집을 찾아가 바리에게 자초지종을 설명했다. 바리가 구해 와야 하는 불사약은 뼈가 만들어지는 뼈살이꽃, 살이 돋는 살살이꽃, 숨을 불어넣는 숨살이꽃이었다(불사약이 약수로 나오는 경우도 있다.). 바리는 이 이야기를 듣고 비록 자신을 버린 아버지이지만 그를 살리기 위해 먼 길을 떠나기로 결심했다.

바리는 서천 꽃밭으로 가기 위해 길을 가다가 밭을 가는 노인을 만났다. 바리는 노인에게 서천 꽃밭 가는 길을 알려 달라고 하였고 노인은 커다란 밭을 갈아 주면 그리하겠다고 약속했다. 마음씨 착한 바리는 노인의 부탁대로 열심히 밭을 갈았으나 밭이 넓어 일은 끝도 없었다. 그러자 하늘에서 소들이 내려와 바리가 밭 가는 것을 돕고 사라졌다. 노인은 약속대로 바리에게

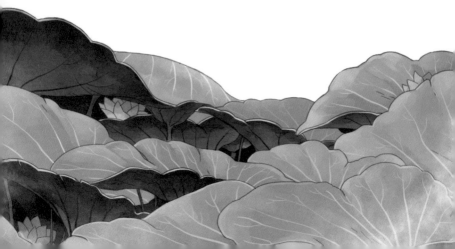

가는 길을 일러주었다.

바리는 길을 가다가 이번엔 마고할미의 빨래터에 도착했다. 마고할미는 바리가 서천 꽃밭으로 가는 길을 묻자 바리에게 검은 빨래는 하얗게 만들고, 하얀 빨래는 까맣게 만들면 알려 주겠다고 수수께끼 같은 문제를 냈다. 바리는 꾀를 내어 검은 빨래는 열심히 빨아서 하얗게 만들고 하얀 빨래는 열매 색을 이용해 검은색으로 물들였다. 마고할미는 바리에게 약속대로 열두 고개를 지나 배를 타고 황천강을 건너면 서천 꽃밭에 도착할 것이라고 알려 주었다.

바리는 열두 고개를 전부 지나 황천강을 지나게 되었다. 그곳에서 바리는 배를 타고 저승으로 가는 망자들에게 안타까운 마음을 가졌다. 바리는 망자들이 길 가는 것을 도우며 황천강을 건넜다.

마침내 바리는 서천 꽃밭에 당도하였다. 서천 꽃밭은 저승에 있는 아름다운 꽃을 모아놓은 꽃밭으로 동수자가 주인이었다. 동수자는 하늘에서 살던 도령이었는데 죄를 지어 이곳에 내려오게 되었다. 동수자는 인간 여자를 만나 아들 셋을 낳아야 하늘로 돌아갈 수 있는 벌을 받았다. 바리가 동수자에게 불사약을 달라고 하자 동수자는 아들 셋을 낳아 주면 불사약을 모두 주겠다고 약속했다. 바리는 그와 혼인해 아들 셋을 낳았고, 동수자는 바리에게 뼈살이꽃, 살살이꽃, 숨살이꽃을 주고 혼자 하늘로 올라가 버렸다.

바리는 세 송이 꽃을 들고 세 아들과 함께 불라국으로 향했다. 오랜 시간이 흐른 터라 오구대왕은 이미 죽어 있었다. 상여에 실려 나오는 오구대왕을 본 바리는 뼈살이꽃, 살살이꽃, 숨살이꽃을 그에게 먹였고, 죽었던 오구대왕은 마침내 살아났다.

오구대왕의 여섯 공주도 막내 바리를 보고 기뻐하였고 길대부인도 바리와 재회하여 기쁨의 눈물을 흘렸다.

이에 크게 기뻐한 오구대왕은 바리를 데려와 불라국에서 행복하게 살았다. 바리는 후에 황천강에서 만난 혼들을 인도하고 싶다며 저승으로 가 살았으며 바리가 낳은 세 아들은 저승의 대왕이 되었다.

바리 설화는 다양한 판본과 지역마다 다른 버전의 이야기가 존재한다.
그중 가장 대중적으로 알려진 설화를 정리하여 실었다.

열 세개의 바다

바리

2022년 2월 15일 초판 2쇄 펴냄

펴낸곳 (주)꿈소담이
펴낸이 이준하
글 정은경
일러스트 REDFORD
책임미술 오민규

주소 (우)02880 서울특별시 성북구 성북로5길 12 소담빌딩 302호
전화 02-747-8970
팩스 02-747-3238
등록번호 제6-473호(2002. 9. 3)
홈페이지 www.dreamsodam.co.kr
북카페 cafe.naver.com/sodambooks
전자우편 isodam@dreamsodam.co.kr

ISBN 979-11-91134-10-0 03810